Alexia Meyer-Kahlen

# Heart to heart

## ZUSAMMEN SIND WIR FREI

Nach Motiven der Geschichte von Lisa Röckener
und ihrem Pferd Vite Valoo

**COPPENRATH**

# MEIN NAME IST LISA RÖCKENER,

ich bin 25 Jahre alt und darf Teil dieser Geschichte sein. Ich war gespannt wie ein Flitzebogen und bin direkt tief in der Geschichte versunken.

Ich hatte eine tolle Kindheit und habe sportlich gesehen schon in jungen Jahren viele Dinge erleben dürfen. Bis ein Sturz kam, der mein Leben veränderte. Ich hatte schon immer eine gute Bindung zu meinen Pferden – dachte ich! Allerdings habe ich durch meinen mittlerweile besten Freund und Sportskameraden »Vite Valoo« gelernt, was eine echte Bindung ist und wie viel weiter ich auf einer ganz anderen Ebene kommen kann. Nach dem Sturz waren meine Motivation und auch meine Kraft weg, um erneut im Sport Fuß fassen zu können. Durch Valoo und einen ganz anderen Blickwinkel, eine tolle Familie und ein Quäntchen Glück nahm das Schicksal dann seinen Lauf. Vielleicht waren wir zur richtigen Zeit am richtigen Ort oder haben uns einfach auf einen neuen Weg eingelassen, den wir bislang immer nur im Schatten wahrgenommen haben. Er wurde überdeckt von dem Ziel, immer weiter und höher reiten zu wollen.

Bessere Platzierungen, schwierigere Prüfungen. Doch es sollte nicht sein ... und das war gut so!

Ich könnte mir kaum einen schöneren und spannenderen Weg vorstellen als den jetzigen. Wir durchlaufen Höhen und Tiefen, lachen, weinen und strahlen zusammen um die Wette. Wir dürfen unser Resultat der täglichen Arbeit vor Tausenden Menschen in Shows auf den Bühnen der Welt zeigen und dabei viele tolle Menschen kennenlernen. Ich darf die Menschen auf meinen Social-Media-Accounts mitnehmen und ihnen meine Welt präsentieren.

Das Besondere an unserer Arbeit ist die Verknüpfung zwischen Horsemanship, der Freiarbeit und dem Turniersport. Mir liegt der Sport immer noch sehr am Herzen – ich betrachte ihn lediglich aus einer ganz anderen Sicht. Ich bin weiterhin bereit, meine Sicht zu ändern und neue Positionen einzunehmen. Das ist, glaube ich, eine Sache, die wir Menschen uns öfter erlauben sollten. Es gibt nicht nur Schwarz und Weiß im Turniersport oder beim Horsemanship zu sehen. Beides hat unterschiedliche Facetten – wie so vieles Leben, und es ist unsere Aufgabe, die richtigen für uns herauszupicken. Und: Wir sollten uns mehr an die eigene Nase fassen und aufhören, uns durch das Kleinreden von anderen selber größer zu fühlen. Wir alle lieben die Pferde und den Pferdesport mit all seinen tollen Sparten. Wenn wir zusammenhalten und offen dafür sind, voneinander zu lernen, können wir unseren Partnern und uns selber das Beste geben.

Beim Lesen dieses Buchs war ich selbst total gerührt und habe ziemlich oft mich und meine Familie in dem Buch wiedererkannt. Die Geschichte hat unsere Geschichte in abgewandelter Form unglaublich gut widergespiegelt und mich mit ihren Höhen und Tiefen total in ihren Bann gezogen.

Viel Spaß beim Lesen!

Eure Lisa

# NEUE WEGE

## 1.

Paula griff in ihr Regal, in dem die Bandagen fein säuberlich aufgerollt und nach Farben sortiert nebeneinandergestapelt waren. Sie brauchte die weißen, auf jeden Fall zwei Paar, dann hatte sie für die Springprüfung noch einen Ersatz, bevor im Gelände dann die weißen Gamaschen draufkamen. Bogart sollte nicht nur durch Leistung glänzen, sondern auch durch ein tadelloses Aussehen, das war ihr einfach wichtig. Sie blickte auf die getippte Packliste, die in einer Klarsichthülle innen an ihrer Spindtür hing. »Schabracken« kam als Nächstes.

Als sie noch überlegte, ob sie die dünneren aus Baumwolle oder doch lieber die gepolsterten nehmen sollte, schlenderte ihr sechzehnjähriger Bruder Johannes in den elterlichen Stall.

»Na, Schwesterchen, mal wieder im Organisations-Overkill?«, feixte er mit Blick auf die ordentlichen Stapel, die Paula auf Bogarts Pferdedecke vor sich auf dem Boden ausgebreitet hatte.

Sie entschloss sich, nicht auf die Sticheleien ihres älteren Bruders zu reagieren, und warf einen verachtungsvollen Blick in seine Ecke der Sattelkammer, in der Chaos pur herrschte.

Johannes fing ihren Blick auf und zuckte lässig mit den Schultern. »Genies überblicken eben das Chaos.«

Das Geplänkel gehörte irgendwie zu Paula und Johannes Lippold dazu. Auch wenn ihre Ausrichtungen sehr verschieden waren – Paula als ehrgeizige Turnierreiterin im Vielseitigkeitssport und Johannes als Freigeist, der mit seinem Pferd am liebsten auf einem Westernsattel stundenlang durchs Gelände streifte –, zogen sie umso mehr an einem Strang, wenn es um Pferde ging. Von Kindesbeinen an waren sie mit Pferden auf dem elterlichen Hof vertraut, auf dem zurzeit sechs von ihnen standen – die beiden alten Friesen Aaron und Caius, die ihre Eltern als Kutschpferde nutzten, Paulas Hannoveranerwallach Bogart, Johannes' Quarterhorse Easy Joe sowie Kaya und Shirkan, die beiden alten Reitponys der Kinder, die ihr Gnadenbrot bekamen. Entsprechend waren die Abende, an denen am Esstisch im Hause Lippold nicht über Pferde geredet wurde, äußerst selten. Mit Unterstützung ihrer Eltern sowie viel persönlichem Einsatz hatte Paula sich über Ponyspiele, Führzügelwettbewerbe und erste Turniererfolge in Reiterprüfungen mit Bogart bis zu Prüfungen der Klasse M hochgearbeitet, die sie jetzt auf Turnieren bestritt. Doch das war für sie erst der Anfang.

Sie wollte sich gerade wieder ihrer Packliste zuwenden, als sie Johannes fluchen hörte: »Mist, hast du irgendwo mein Bodenarbeitsseil gesehen? Ich hätte schwören können, dass ich es vorgestern am Knotenhalfter drangelassen habe, aber irgendwie ist es jetzt ... einfach weg.«

Ratlos blickte er seine jüngere Schwester an, die sich ein überhebliches Grinsen nicht verkneifen konnte. Sie wusste genau, was jetzt kam. Und schon murmelte Johannes zerknirscht: »Kannst du mir vielleicht suchen helfen?«, und schenkte ihr seinen treuherzigsten Augenaufschlag.

An dieser Stelle hielt sie ihm für gewöhnlich erst mal einen kurzen Vortrag über die Tugenden der Ordnung und Selbstdisziplin, die sie selbst in Perfektion verwirklicht hatte, bevor sie ihm half, in seinem Durcheinander zu finden, wonach er schon wieder suchte. Doch heute war ihr nicht danach, die Fopperei mit ihrem Bruder weiterzuführen. Auch wenn die Qualifikationsprüfung für den Jugend-Perspektivkader erst in drei Tagen stattfand, konnte Paula schon jetzt eine innere Anspannung fühlen. Zu viel stand auf dem Spiel. Wenn sie es schaffte, in den Kader zu kommen, war sie ihrem großen Traum, einmal bei den Olympischen Spielen als Vielseitigkeitsreiterin dabei zu sein, ein großes Stück näher gekommen. Sie wusste, sie hatte das Zeug dazu – sowohl reiterlich wie auch in ihrem 12-jährigen Bogart.

»Schwesterherz?«, unterbrach Johannes ihre Gedanken.

»Räum dein Zeug weg, wenn du es benutzt hast, dann musst du nicht ständig was suchen«, schoss es aus Paulas Mund. Überrascht riss Johannes die Augen auf.

Auch Paula war für einen Moment erschrocken über die Schärfe in ihrer Stimme. »Sorry«, schickte sie gleich hinterher. »Weiß auch nicht, was in mich gefahren ist. Komm, ich helfe dir suchen.«

»So genervt kenne ich dich gar nicht«, schüttelte Johannes den Kopf. »Und dann schon drei Tage vorher das ganze Turnierzeug einzupacken, ist auch nicht normal. Ist es wegen Warendorf?«

Paula entfuhr ein unwillkürlicher Seufzer. »Ich mache mich irgendwie total verrückt.«

»Mensch, kleine Schwester«, versuchte Johannes sie zu beruhigen. »Du hast doch noch alle Zeit der Welt, auf dem Treppchen zu stehen. Vielleicht musst du einfach mal ein bisschen loslassen und entspannen. Nicht immer alles bis ins Letzte kontrollieren wollen.«

»Wenn ich nicht alles unter Kontrolle habe, kommen Bogart und ich nirgendwohin!«, rutschte Paula heraus.

Johannes blickte seine jüngere Schwester einen Moment nachdenklich an. »Vielleicht gerade?«

Paula schüttelte den Kopf. »Du verstehst das nicht, Johannes. Du bist einfach anders. Für Deutschland in der Vielseitigkeit zu starten ist mein Leben. Wenn ich jetzt in den Jugend-Perspektivkader komme, sitze ich im Zug, verstehst du? Dann muss ich nur noch schauen, dass ich mein Level immer weiter nach oben verschiebe, und bin da. Am Ziel all meiner Träume.«

»Ich weiß nicht«, sinnierte Johannes. »Ich gönne es dir ja, aber weißt du, was das für ein Druck ist? Immer Bestleistung bringen zu müssen? Da sind schon ganz andere dran zerbrochen.«

Paula presste die Zähne aufeinander. Zerbrechen war für sie keine Option.

# 2.

*Machst du heute noch was oder lässt du Bogart stehen?*
Paula las die Textnachricht ihrer Reiterfreundin Anne, als sie
gerade aus der Haustür trat, um Bogart aus seiner Box zu holen.
Freundin war eigentlich das falsche Wort, denn auf den Tur-
nieren, wo sie sich regelmäßig trafen, waren sie erbitterte Kon-
kurrentinnen. Mit ihrem Fuchs Furioso war die gleichaltrige
Anne ähnlich ambitioniert wie Paula und auch sie stand auf der
Auswahlliste für den Kader.
*Weiß nicht, was machst du?*, textete Paula zurück. Eigentlich hatte sie ihrem Pferd heute einen Ruhetag gönnen wollen,
bevor es morgen nach Warendorf zum Bundesstützpunkt des
Deutschen Olympiade-Komitees für Reiterei, kurz DOKR, ging.
Bogart war für die Kader-Qualifikationsprüfung top in Form,
und es tat seiner Kraft sicher besser, den Tag heute einfach auf
der Weide zu verbringen, als noch mal irgendwelche Lektionen
abzurufen oder einen Parcours zu springen.
*Ich glaube, ich lasse Furioso noch mal über ein paar Gelände-
sprünge gehen, sonst wird der mir zu gechillt*, textete Anne jetzt
zurück.
Paula zögerte einen Moment. Da war sie wieder, diese innere Anspannung, die ihren Magen zusammenkrampfen ließ und
ihren Herzschlag in die Höhe trieb.

*Ich auch*, schrieb sie schnell zurück. *Wollte Bogart noch mal über unsere festen Sprünge auf der Wiese nehmen, dann bleibt er schön knackig.*

Einen kurzen Moment ärgerte sie sich darüber, was sie Anne geantwortet hatte. Eigentlich war der Tag so geplant gewesen, dass sie heute Morgen Bogarts Mähne und Schweif waschen und ihn einflechten wollte und am Nachmittag mit ihren Eltern und deren Friesengespann auf eine Kutschfahrt gehen würde. Es gab für Paula nichts Entspannenderes, als neben ihrem Vater auf dem Kutschbock zu sitzen und die Welt einfach an sich vorbeiziehen zu lassen.

Sie seufzte. Daraus wurde dann wohl nichts. Aber wahrscheinlich hatte Anne recht, und es war gut, die Pferde im Training zu halten. Ausruhen konnten sie sich nach der Quali noch genug.

Beim gemeinsamen Mittagessen drehte sich alles um die bevorstehende Qualifikationsprüfung. Paulas Vater war von Beruf Hufschmied, und wenn seine Tochter ein wichtiges Turnier hatte, legte er seine Kundentermine immer so, dass er Paula und ihr Pferd begleiten konnte.

»Alles gepackt, mein Schatz?«, meinte er jetzt und nahm sich einen ordentlichen Schlag Kartoffelsuppe.

»Schon vorgestern«, versuchte Johannes seine Schwester aufzuziehen, doch ein Blick von Paula brachte ihn zum Schweigen.

»Bogart sieht wunderschön aus«, bemerkte ihre Mutter. »Vielleicht könntest du ihm den Schweif noch etwas kürzen, meinst du nicht?«

Paula nickte und schob ihren vollen Teller zur Seite.

»Komm, komm, du musst doch was essen«, protestierte ihr Vater jetzt.

»Ich kann nicht, bin zu nervös«, gab Paula zurück.

»Die Kutschfahrt wird dir gleich richtig guttun«, schaltete sich ihre Mutter wieder ein. »Papa und ich haben eine neue Route, die geht eine Stunde nur durch den Wald. Du wirst sehen, danach kommt auch dein Appetit zurück.«

Paula zögerte, dann stieß sie schnell hervor: »Ich komme nicht mit. Ich wollte Bogart noch mal über die festen Sprünge auf der großen Wiese gehen lassen.«

»Was soll das denn?«, runzelte ihr Vater die Stirn. »Wir hatten doch abgesprochen, dass du ihn heute stehen lässt.«

»Kind, damit machst du deine Nervosität sicher nicht besser«, fügte ihre Mutter hinzu.

Paula wandte ihren Blick Hilfe suchend Richtung Johannes, doch auch der schüttelte langsam den Kopf. »Keine gute Idee, Schwesterherz. Du springst den nur sauer.«

»Aber Anne macht das auch«, protestierte Paula hilflos.

»Ach, daher weht der Wind«, warf ihre Mutter sofort ein. »Anne trainiert heute noch mal, also musst du auch trainieren. Die erzählt dir das doch nur, damit du dein Pferd müde reitest und sie morgen abräumen kann.«

Paulas Magen zog sich noch mehr zusammen. Sie hasste es, wenn das Gespräch auf Anne kam und ihre Mutter so reagierte. Und vielleicht hatte sie ja noch nicht mal ganz unrecht. Paula wusste oft nicht, woran sie bei der ehrgeizigen Anne war. Aber vielleicht war es ja doch so, dass sie Furioso heute noch mal sprang, und dann war er morgen vielleicht den Hauch besser, der über Platz oder Sieg entschied.

15

»Ich habe das für mich so beschlossen«, gab sie mit betont fester Stimme zurück. »Ich nehme Bogart nur mal über ein paar Baumstämme, ganz locker, damit er elastisch bleibt.« Ihre Mutter schüttelte resigniert den Kopf. »Den Dickkopf hast du von deinem Vater.« »Paula, du bist alt genug, um deine eigenen Entscheidungen zu treffen«, schaltete sich dieser nun ein. »Und du musst deine Prüfungen selbst reiten. Ich persönlich würde dir davon abraten, aber tu, was du meinst, tun zu müssen. Mama und ich machen unsere Kutschfahrt auf jeden Fall. Um zwei geht es los, wenn du es dir noch anders überlegst.« »Danke, Papa, aber ich weiß echt, was ich tue«, meinte Paula. Aber irgendwie klang ihre Stimme nicht so überzeugt, wie sie es gerne gehabt hätte.

Bogart war ein angenehmes Pferd, das ohne Zögern die Leistung brachte, die man von ihm verlangte. Nachdem Paula ihn mit ein paar Biegungen und Seitengängen im Schritt, im leichten Trab und Galopp aufgewärmt hatte, ließ sie ihn zuerst locker über einzelne Natursprünge gehen. Aus verschieden dicken Stämmen und Stangen, Reisern und Strohballen hatte sie zusammen mit ihrem Vater und Johannes auf der großen Wiese einen Parcours aufgebaut, damit sie auch für den Geländeteil der Vielseitigkeitsprüfungen zu Hause ein wenig trainieren konnte. Bogart nahm die Hindernisse elastisch und in den Kombinationen war sein Gefühl für Distanzen tadellos.

Jetzt einmal den ganzen Parcours durchspringen. Er lief wie ein Uhrwerk.

Eigentlich ist es echt nicht nötig gewesen, dachte Paula. Wie schön wäre es jetzt, stattdessen auf der Kutsche zu sitzen und entspannt durch den Frühlingswald zu zockeln. Sie beschloss, zum Abschluss noch mal den dicken Baumstamm zu nehmen und ihr Pferd dann wirklich in Ruhe zu lassen.

War es eine Unachtsamkeit des Pferdes oder der Reiterin? Der zu frühe Absprung, den Paula überrascht wahrnahm, als sie schon über dem Sprung waren, oder eine Ermüdungserscheinung bei Bogart, dass er die Beine nicht mehr richtig hob? Alles ging so irre schnell, und bevor Paula wusste, wie ihr geschah, drehte sich das Unterste zuoberst, sie wurde vom Pferd geschleudert und nahm aus den Augenwinkeln wahr, dass auch Bogart sich irgendwie überschlug. Dann knallte sie hart auf dem Boden auf.

Als sie die Augen öffnete, galt ihr erster Gedanke ihrem Pferd. Bogart hatte sich wieder aufgerichtet und stand mit hängendem Kopf und zerrissenem Zügel ein paar Meter von ihr entfernt.

Scheiße, Scheiße, Scheiße, schoss ihr durch den Kopf, und sie wollte sich ruckartig aufsetzen, um nach ihm zu sehen. Sofort schoss ein scharfer Schmerz durch ihren Kopf, ihr wurde schwindlig und übel. Paula musste sich wieder hinlegen.

Was sollte sie jetzt nur tun? Ihr Handy. Die Eltern waren noch unterwegs, aber vielleicht Johannes?

Mit übermenschlicher Konzentration zog sie ihr Telefon aus der Tasche und fand unter den Kontakten ihren Bruder, immer wieder unterbrochen durch Flimmern vor den Augen und einen stechenden Schmerz in ihrem Kopf. Schließlich gelang es ihr, den Ruf rauszusenden. Es klingelte und klingelte. Die Mailbox sprang an.

Als Paula versuchte, Johannes etwas draufzusprechen,

lauschte sie verwundert dem Klang ihrer eigenen Stimme: nur einzelne krächzende Worte. Wieso hatte sie sich gerade nur so wenig im Griff?

Das ganze Ausmaß des Ereignisses traf sie plötzlich mit voller Wucht. Die Kader-Quali! Sie drehte den Kopf vorsichtig zur Seite und blickte wieder zu Bogart. Er belastete alle vier Beine gleichmäßig. Das war schon mal ein gutes Zeichen. Ein Ersatzzügel war schnell besorgt. Wenn nur ihr blöder Kopf nicht wäre. Der Schmerz kam jetzt in Wellen und raubte ihr fast das Bewusstsein.

Es konnte nichts Schlimmes sein, sie hatte doch eine Kappe getragen. Wenn der Familienarzt Dr. Kopp ihr ein gutes Schmerzmittel verschrieb, wäre sie schon wieder einsatzfähig.

Paula hatte jedes Gefühl für Zeit verloren, als sie plötzlich rennende Schritte wahrnahm und die Stimmen von Johannes und ihrem Vater. »Sieht aus, als wäre sie vom Pferd gestürzt. Schnell, ruf den Rettungswagen.«

Paula wollte protestieren: »Es ist doch nichts. Ich bin voll einsatzfähig«, doch aus ihrem Mund kam nur ein unzusammenhängendes Gebrabbel.

Was dann folgte, nahm sie nur durch einen Nebel wahr. Das Martinshorn, Sanitäter, die sie mit größter Vorsicht auf einer Bahre fixierten, ein Notarzt, der irgendwelche neurologischen Tests an ihr durchführte, und dann ging es mit Blaulicht ins Krankenhaus. Wieder endlose Tests und Untersuchungen, bis der Oberarzt schließlich Entwarnung gab. Die Wirbelsäule und der Schädel waren unverletzt.

»Du hast dir eine ordentliche Gehirnerschütterung zugezogen, kleine Schwester«, waren die ersten Worte, die sie wieder klar vernahm. Paula blickte in die besorgten Gesichter von Johannes und ihren Eltern, die sich um ihr Krankenbett versammelt hatten.

»Sie wollen dich noch bis morgen zur Beobachtung hierbehalten, dann kannst du wieder nach Hause«, fügte ihre Mutter hinzu.

Paula hörte gar nicht richtig hin. »Was ist mit Bogart?«, schoss es aus ihrem Mund.

»Der Tierarzt checkt die Beine noch mal gründlich durch, und die Osteopathin habe ich auch gleich angerufen, damit sie sich den Rücken anguckt. Aber für mich sieht es so aus, als wäre er noch mal mit einem blauen Auge davongekommen«, ließ ihr Vater jetzt hören. »Genau wie du.«

Paula stieß einen Seufzer der Erleichterung aus. »Wo ist mein Handy?«

»Du hast jetzt erstmal handy- und pferdefrei. Der Arzt sagt, dass du dich ein paar Wochen schonen musst«, ermahnte sie ihre Mutter.

»Ein paar Wochen?«, rief sie aus. Sofort lief wieder eine Welle von Schmerz und Schwindel durch ihren Kopf. Paula versuchte, sich nichts anmerken zu lassen und möglichst normal weiterzusprechen. Warum klang ihre Stimme nur so schleppend?

»Ich muss Anne anrufen und ihr sagen, dass es mir gut geht. Ich will auf keinen Fall, dass Horst Ernst und die Kader-Kommission denken, ich sei aus dem Rennen.«

»Ich würde mal sagen, du *bist* aus dem Rennen, kleine Schwester«, meinte Johannes. »Und komme jetzt bitte nicht auf die Idee, die Hans-Günther-Winkler-Halla-der-Ritt-meines-Lebens-Nummer abzuziehen.«

»Ich will keine Nummer abziehen, sondern einfach nur tun, was ich tun muss«, gab Paula zurück. Sie kniff die Augen zusammen, in der Hoffnung, das unangenehme Stechen auszuschalten, das vom Tageslicht in ihren Augen verursacht wurde. »Wenn Bogart okay ist und der Arzt mir irgendwas gegen diese blöden Schmerzen gibt, sehe ich kein Problem darin, in Warendorf an den Start zu gehen.«

»Es *ist* die Halla-Nummer«, wandte Johannes sich trocken an seinen Vater.

Frank Lippold ging erst gar nicht auf Paulas Worte ein und wandte sich an seinen Sohn: »Woher kennst du überhaupt die Geschichte von Hans Günther Winkler und seiner Halla? Das ist doch nun echt lange vor deiner Zeit.«

»Finde ich einfach cool, wie sie ihn damals in Stockholm fehlerlos durch den Parcours getragen hat, obwohl er komplett ausgeschaltet war«, zuckte Johannes mit den Schultern. »Wenn dein Pferd so was für dich tut ... Respekt!«

»Hallo? Was redet ihr da?« In Paulas Stimme mischten sich Ärger und Verzweiflung. Sie wandte sich an ihre Mutter. »Mama, kannst du bitte mit dem Arzt reden, dass er mir was gibt und ich morgen reiten kann? Du weißt, was diese Qualifikation für mich bedeutet!«

»Das müssen wir gar nicht diskutieren«, gab ihre Mutter resolut zurück. »Du brauchst jetzt Ruhe, Ruhe und nochmals Ruhe. Ich rufe nachher im DOKR in Warendorf an und sage, dass du morgen nicht an den Start gehst.«

Da saß sie nun. »Du kannst alles tun, was deine Symptome nicht verschlimmert«, hatte ihr der Arzt bei der Entlassung mitgegeben. Sie durfte also draußen mit Familienhund Boomer spazieren gehen und Löcher in die Luft starren. Einmal am Tag besuchte sie Bogart auf der Weide, der gar nicht so traurig über die unverhoffte Pause zu sein schien.

Ihr Handy wurde ihr nur stundenweise von ihrer Mutter ausgehändigt, und wenn Paula ehrlich war, strengte es sie nach kurzer Zeit auch ziemlich an, sich auf die kleine Schrift zu konzentrieren. Oft schlief sie auf dem Sofa einfach ein.

Dafür lag sie nachts wach und starrte in die Dunkelheit. Wie sollte sie sich nun verhalten? Anne anrufen und hören, wie es gelaufen war und was man am Bundesstützpunkt über sie gesagt hatte? Doch der Gedanke, dass die Freundin nun vielleicht im Kader war, schien Paula unerträglich. Oder sollte sie direkt Horst Ernst, den Cheftrainer des Jugendperspektivkaders, anrufen und ihn fragen, ob sie noch eine Chance bekam? Doch was sollte sie ihm sagen? Ich bin bei einem einfachen Geländesprung vom Pferd gefallen?

Ehrlich gestanden wusste sie selbst gar nicht genau, was passiert war. Es schien, als sei Bogart irgendwie am Sprung hängen geblieben und habe sich überschlagen. Eigentlich hatten sie beide ein Riesenglück gehabt, dass ihnen nicht mehr passiert war. Paula versuchte, sich dazu zu bringen, es so zu sehen, doch irgendwie gelang es ihr nicht. Die Enttäuschung war einfach zu groß, dass die Tür, auf die sie so lange gestarrt hatte, sich wieder geschlossen hatte, als sie eben im Begriff war hindurchzugehen.

# 3.

*Ich bin drin.* Annes kurze Textnachricht platzte mitten in ihre nachmittägliche Döse- und Schlummerzeit. Paula hatte plötzlich das Gefühl, als würde in ihrem Magen ein Feuer brennen. Sie sammelte sich einen Moment und textete zurück. *Schön für dich. Herzlichen Glückwunsch.* Dann kam erst mal nichts. Sie starrte aufs Handy, als wolle sie es hypnotisieren.

Nach einer gefühlten Ewigkeit schrieb Anne: *Wie geht es dir? Gut,* tippte Paula zurück. Anne sollte bloß nicht denken, dass sie aus dem Feld geschlagen war. *Wie war's denn so?*

Sofort kam zurück: *Wann bist du wieder einsatzfähig? Ich habe gehört, wie Horst zum Assistenztrainer gesagt hat: Die kleine Lippold hätte ich gerne noch dabei.*

Paula stockte der Atem, und sie ignorierte den Stich, dass Anne den Cheftrainer jetzt offenbar schon duzte.

Sofort tippte sie ins Handy: *Ich bin einsatzfähig. Jetzt. Sofort.*

*Cool,* textete Anne zurück. *Horst meldet sich sicher bei dir. Es gibt noch eine Nachquali in drei Wochen.*

Die Worte tanzten vor Paulas Augen und in ihrem Kopf: Nachquali in drei Wochen. Da war sie, ihre zweite Chance. Und sie würde sie ergreifen, egal, was irgendwer sagte.

Paulas Kopfschmerzen waren von Tag zu Tag besser geworden, und so staunte ihre Mutter nicht schlecht, als sie zehn Tage nach dem Unfall wieder in Reitsachen am Frühstückstisch saß.

»Das ist jetzt nicht dein Ernst, oder?«

»Ich muss Bogart wieder ins Training nehmen. Wir haben ja nur noch zwei Wochen, und ich kann förmlich zusehen, wie er jeden Tag mehr Muskeln abbaut.«

»Papa und ich haben deiner Teilnahme an dieser Nachqualifikation nur unter der Bedingung zugestimmt, dass dein Kopf wieder vollkommen in Ordnung ist.«

»Ist er«, gab Paula schnell zurück. Sie verschwieg, dass sie immer noch mit Übelkeit kämpfte, nachts schlecht schlief und dementsprechend tagsüber müde war.

»Ich würde das lieber erst noch mal mit Dr. Kopp abklären, ob du wirklich schon wieder reiten kannst. Du würdest mit einer Bänderzerrung am Sprunggelenk doch auch nicht gleich wieder Sport treiben.«

»Paula schon«, kam von Johannes, der gerade die große Wohnküche betrat. »Guten Morgen allerseits.«

»Mann, du nervst«, giftete Paula ihren Bruder an.

»Ich habe dich auch lieb«, gab Johannes grinsend zurück. »Was hältst du davon, wenn ich dein Olympiapferd einfach mal ein bisschen longiere. Ich kann ihn auch freispringen lassen. Dann hast du nicht so einen Stress mit dem Gesundwerden.«

Paula war hin- und hergerissen, was sie Johannes auf sein großzügiges Angebot antworten sollte. Sie spürte, dass sie von ihrer Konzentrationsfähigkeit und Reaktionszeit her noch nicht wieder die Alte war. Aber sie hatte nur noch knapp zwei Wochen, um sich und Bogart wieder in Topform zu bringen.

»Johannes kann Bogart doch heute einfach mal ein bisschen vom Boden aus arbeiten lassen, er hat ja jetzt zehn Tage gestanden. Und morgen setzt du dich drauf und beginnst, ihn wieder anzutrainieren«, schlug ihre Mutter vor.

Paula nickte langsam. »Okay, einverstanden.« Sie drückte den Arm ihres Bruders. »Danke, Jojo. Und sorry, dass ich dich vorhin so angepampt habe.«

»Dafür habe ich bei dir einmal Suchen gut«, gab Johannes grinsend zurück.

Ihr Bruder hatte Bogart einfach nur sein Stallhalfter angezogen und führte ihn an der Longe auf den Reitplatz. Paula und ihr Vater standen an der Umzäunung und sahen zu, wie er den Wallach im Schritt auf den Zirkel schickte. Bogart schnaubte entspannt ab.

Die tierärztliche Abklärung seiner Sehnen und Gelenke hatte nichts Auffälliges ergeben, und nachdem sie ein paar verklemmte Wirbel im hinteren Teil des Rückens gelöst hatte, erklärte auch die Osteopathin ihn wieder für uneingeschränkt leistungsfähig.

Nachdem er ein paar Runden Schritt gegangen war, ließ Johannes ihn antraben. Auch hier zeigte Bogart klare, elastische Gänge.

»Sieht alles super aus«, meinte ihr Vater.

Paula nickte. Warum hatte sie nur plötzlich so eine blöde Enge in der Brust?

Johannes wechselte die Hand und auch hier zeigte der Wallach einen klaren Trab. Paula entspannte sich allmählich und das Engegefühl klang ab.

24

»Lass ihn mal angaloppieren«, rief sie Johannes zu.

Dieser schnalzte und hob die Longierpeitsche. Das war wohl etwas zu viel für seine aufgestaute Energie, denn Bogart raste plötzlich wild buckelnd los, sodass Johannes ihn mit der Longe kaum auf der Kreisbahn halten konnte.

Im selben Augenblick hatte Paula das Gefühl, als schließe sich eine Eisenklammer um ihr Herz und nehme ihr die Luft zum Atmen. Ihr wurde schwindlig, ihr Herz begann wie verrückt zu rasen, und sie hatte das Gefühl, als müsse sie sich gleich übergeben.

»Der hat Dampf«, lachte ihr Vater neben ihr, doch Paula nahm ihn nur durch einen Nebel wahr. Sie war viel zu eingenommen von den intensiven Vorgängen in ihrem Körper. Das Schlimmste aber war die Angst. Wie eine gefräßige Krake nahm sie Paulas Denken und Fühlen vollkommen ein und schickte ihren ganzen Körper in ein unkontrolliertes Beben. Merkte denn keiner, was mit ihr los war?

Sie blickte auf den lachenden Johannes, dem Bogarts Temperamentsausbruch offenbar Spaß zu machen schien und der ihrem Vater jetzt irgendetwas zurief. Nein, nicht ihrem Vater. Ihr rief er scherzend etwas zu: »Willst du dich mal draufsetzen?«

Paula öffnete den Mund, aber konnte nicht antworten, weil sie das Gefühl hatte, als sei ihre Zunge auf die dreifache Größe angeschwollen. So plötzlich, wie der ganze Spuk gekommen war, flaute er auf einmal wieder ab.

»Alles gut?« Ihr Vater blickte sie an. »Bist ein bisschen blass um die Nase, Kleines.«

Paula schüttelte den Kopf. »Alles gut.«

Sie rief Johannes zu: »Lass ihn schon mal freispringen, ich

muss nur mal eben aufs Klo.« Wenigstens ihre Stimme hatte sie wieder unter Kontrolle.

Sie rannte ins Haus und musste sich übergeben. Dann saß sie zitternd auf dem Klodeckel. Was war nur los mit ihr? Wahrscheinlich hatte ihre Mutter recht und sie war einfach noch nicht wieder ganz fit. Sie würde Johannes fragen, ob er Bogart noch ein, zwei Tage länger bewegen konnte, und sie könnte sich noch ein bisschen erholen.

Paula spürte, wie sie sich bei dem Gedanken entspannte. Ja, das war ein guter Plan.

Die kleine innere Stimme, die ihr bedeutete, dass die Attacke eben nichts mit ihrer Gehirnerschütterung zu tun hatte, verdrängte sie irgendwo in den hintersten Teil ihres Bewusstseins.

# 4.

Selbstdiziplin war Paulas große Stärke, und so zwang sie sich drei Tage später aufs Pferd, nachdem Johannes Bogart für sie vorher noch mal ablongiert hatte. Ihr Vater bestand neben der Reitkappe auch auf die Reitschutzweste, und Paula spürte, dass sie ihm dafür irgendwie dankbar war.

Sie ließ Bogart erst mal am langen Zügel im Schritt gehen, und von irgendwoher kam das selbstverständliche Körpergefühl zurück, wie es war, auf ihrem Pferd zu sitzen.

Ihr Vater und Johannes standen außen am Reitplatz, nun kam auch die Mutter dazu. Als sie an ihrer Familie vorbeiritt, lächelte sie ihnen zu. Alles war gut.

Nachdem sie die Zügel aufgenommen und den Wallach etwas gestellt und gebogen hatte, trabte sie an. Sie ritt ein paar Bahnfiguren, die alte Routine war wieder da. Bogart stand einwandfrei an den Hilfen und ließ sich auch willig auf die höheren Dressurlektionen im Trab ein, die sie als Nächstes abfragte – Schulterherein, Traversale, Travers, alles lief prima.

Als sie an den Galopp dachte, wurde es in ihrem Magen kurz flau, doch sie gab die Hilfen, und Bogart sprang gleich an. Paula ließ ihr Pferd im versammelten Galopp auf dem Zirkel gehen. Jetzt aus dem Zirkel wechseln mit einem fliegenden Galoppwechsel. Auch das klappte wunderbar. Nun zum Abschluss noch mal die Schlangenlinie entlang der langen Seite mit zwei fliegenden Wechseln. Einwandfrei.

»Du hast ihn vorne arg festgehalten, achte da mal drauf«, kommentierte ihre Mutter, als sie an der Umzäunung durchparierte.

Doch das kümmerte Paula jetzt nicht. Sie war einfach nur grenzenlos erleichtert, dass sie ihr Leben offenbar wieder unter Kontrolle hatte.

»Johannes und Papa, baut ihr mal ein paar Sprünge auf? Wo ich schon dabei bin.«

Im Handumdrehen hatten ihr Vater und Johannes auf dem Reitplatz einen kleinen Parcours aus bunt angemalten Stangen aufgestellt. Einen Oxer, ein paar Steilsprünge, eine Kombination.

Als sie Bogart zwischen den Sprüngen angaloppierte, war da plötzlich wieder diese komische Enge in ihrer Brust. Paula verdrängte den Gedanken daran und konzentrierte sich auf ihr Pferd. Was sollte schon passieren? Wenn Bogart riss, flog die Stange eben runter. Fehlerfrei nahm der Wallach Sprung um Sprung. Doch das Gefühl blieb.

Am Abendbrottisch herrschte eine heitere Stimmung. Alle schienen irgendwie erleichtert, dass Paulas erster Ritt nach dem Unfall so glatt gelaufen war. Paula stimmte äußerlich in die allgemeine Heiterkeit ein, doch innen ließ sie die Erinnerung an das merkwürdige Engegefühl beim Reiten nicht los. Bis zu dem Unfall hatte sie sich tollkühn in jeden Parcours geschmissen und kein Geländesprung war ihr zu gefährlich gewesen. Und jetzt war da plötzlich diese komische Beklemmung, die sich wie eine Raubkatze irgendwo in ihr geduckt hielt, bereit, jeden Moment wieder zuzuschlagen.

Paula konnte in ihrem Magen ein Angstgefühl spüren. Die Angst vor einer weiteren Attacke, wie sie sie drei Tage zuvor überfallen hatte. Sie versuchte, das Gefühl abzuschütteln, doch es wollte ihr nicht gelingen.

Nach dem Essen setzte sie sich in ihrem Zimmer an den Laptop und gab *Gehirnerschütterung und Angst* ein. In der Tat schienen 30 bis 80 Prozent der Personen mit leichten bis mittelschweren Hirnverletzungen nicht nur unter Symptomen wie Kopfschmerzen, Schwindel, Erschöpfung und Reizbarkeit zu leiden, sondern auch unter psychischen Symptomen wie Angst oder Depression, Schlafstörungen und Konzentrationsproblemen. Dort stand auch, dass man sich an einen Arzt wenden sollte, wenn die Beschwerden zu einem Problem wurden.

Paula klappte den Laptop schnell zu. Unsinn. Mit ihr war alles in Ordnung.

# 5.

Eine Vielseitigkeitsprüfung bestand immer aus den drei Teilprüfungen Dressur, Geländeritt und Springen. Die Dressur und das Springen hatte sie sich gestern zurückerobert. Jetzt war es an der Zeit, sich dem Geländeritt mit seinen festen Hindernissen zu stellen.

Heute war sie allein. Ihr Vater war auf einem Kundentermin, ihre Mutter beim Einkaufen und Johannes in der Schule. Einen Moment huschte ihr der Gedanke durch den Kopf, dass es vielleicht besser gewesen wäre, bis zum Nachmittag zu warten, wenn alle zu Hause waren. Doch sie schob ihn wieder weg. Schließlich musste sie ihre Prüfungen auch allein bestehen, da hatte ihr Vater recht gehabt.

Paula ritt ihr Pferd zuerst auf dem Dressurplatz ab. Als Bogart warm war, wandte sie sich in Richtung der Wiese mit den Geländesprüngen. Sie spürte, wie ihr Herz schneller zu schlagen begann und ihre Hände feucht wurden. Die Nervosität übertrug sich sofort auf Bogart, der begann, unruhig zu tänzeln. Sie versuchte, ihn mit zittriger Stimme zu beruhigen, aber das schien alles nur noch schlimmer zu machen.

Als sie auf der Wiese angekommen waren, war er so angespannt, dass Paula meinte, er könne jeden Augenblick unter ihr explodieren. Ihr ruhiges Verlasspferd Bogart. Sie zwang sich dazu, sich auf ihren Atem zu konzentrieren. Ein, aus, ein, aus. Das hatte sie mal als Mentaltechnik von einem Sportpsychologen gehört. Sie wurde ein kleines bisschen ruhiger und trabte an. Bogart schüttelte unwillig den Kopf und wehrte sich gegen das Gebiss. Paula wurde plötzlich bewusst, dass sie die Zügel extrem kurz hielt. Die Worte ihrer Mutter kamen ihr in den Sinn und sie gab etwas nach. Ihr Herz begann noch schneller zu schlagen, als gäbe sie damit auch das letzte bisschen Kontrolle auf, das sie noch zu besitzen glaubte.

Sie parierte Bogart durch. Was war nur los? Sie war doch gestern schon gesprungen und es war okay gewesen.

»Bei den Stangen konnte er ja auch nicht am Sprung hängen bleiben«, schoss ihr durch den Kopf und wie eine Welle brachen plötzlich die Bilder und Gefühle über sie ein: wie sie über dem Baumstamm mit Entsetzen bemerkte, dass Bogart viel zu früh abgesprungen war und sie nichts, absolut nichts mehr tun konnte, außer wahrzunehmen, wie er an dem festen Sprung hängen blieb, wie sie durch die Luft geschleudert wurde und ihr Pferd sich neben ihr überschlug.

Paula begann, am ganzen Körper unkontrolliert zu zittern, und die Übelkeit, die sie zusammen mit den Bildern überfallen hatte, zwang sich ihren Weg von ihrem Magen den Schlund hinauf. Gerade rechtzeitig konnte sie noch vom Pferd heruntergleiten, um sich auf der Wiese zu übergeben.

Alle Kraft war plötzlich aus ihr gewichen. Zitternd führte sie Bogart zu dem Baumstamm, an dem der Unfall sich vor knapp zwei Wochen ereignet hatte. Er schnupperte nur kurz daran und interessierte sich dann für das Gras. Nein, nicht er hatte das Problem, sondern sie.

Nachdem sie ihr Pferd mechanisch zum Stall zurückgeführt, abgesattelt und auf die Weide gebracht hatte, setzte sie sich einfach auf einen Stuhl in der Küche und wartete. Ob sie eine oder zwei Stunden hier saß, sie wusste es nicht. Jetzt war eh alles egal. Es war vorbei, das musste ihr keiner sagen. Sie war durch. Irgendwann hörte sie ihre Mutter an der Haustür, Johannes war auch dabei, wahrscheinlich hatte sie ihn von der Schule abgeholt.

Als sie mit ihren Einkaufstaschen die Küche betrat, entdeckte sie Paula. »Warum sitzt du denn hier in der Küche, Schatz, und machst es dir nicht auf dem Sofa bequem?«

Paula begann einfach zu sprechen, als habe sie sich in den letzten zwei Stunden auf genau diesen Moment vorbereitet. »Ich bin nicht mehr locker. Kann mein Herz nicht mehr zuerst über den Sprung werfen, wie ich es früher immer getan habe. Das Vertrauen ist weg. Mein Kopf will alles kontrollieren und das bringt Bogart total in Stress. Und sein Stress macht mir den Megastress. So kann ich im Leben keine Vielseitigkeitsprüfungen mehr reiten.«

Paula war erstaunt, wie einfach die Worte über ihre Lippen kamen, obwohl ihr Körper sich immer noch irgendwie taub anfühlte, als sei sie gar nicht richtig da.

»Du bist kreideweiß«, rief die Mutter. »Was ist passiert?«

Nun kam auch Johannes in die Küche. »Alles frisch, kleine Schwester?«

Marlene Lippold bedeutete ihm, Paula jetzt mit irgendwelchen Sprüchen in Ruhe zu lassen.

Als ob sie das nicht bemerkte. Sie brauchte kein Mitleid. Von niemandem.

Abrupt erhob sie sich und rannte in ihr Zimmer.

»Willst du denn nicht wenigstens erzählen, was passiert ist?«, rief ihre Mutter ratlos hinterher.

Doch Paula hatte schon die Tür hinter sich abgeschlossen.

Am Abend konnte ihr Vater sie dazu bewegen, ihr Zimmer zu verlassen und zu erzählen, was passiert war. Endlich brach der Damm. Unter heftigem Schluchzen berichtete sie ihrer Familie von der Angst und Bogarts Unruhe, von den Ohnmachtsgefühlen, die sie auf dem Pferd ergriffen hatten, und den Bildern von dem Unfall, die sie nicht mehr losließen. Und auch von den heftigen körperlichen Reaktionen, dem Zittern und der Übelkeit. Sie fügte hinzu: »Als Johannes Bogart longiert hat und er so rumgebockt ist, habe ich keine Luft bekommen und ganz dolles Herzrasen. Und dann auf dem Klo musste ich mich übergeben.«

An den betretenen Gesichtern ihrer Familie konnte Paula ablesen, dass sie völlig ratlos waren.

»Und wenn es doch irgendeine Nachwirkung von der Gehirnerschütterung ist?«, versuchte ihre Mutter hilflos, sie zu trösten. »Vielleicht musst du dir einfach nur etwas mehr Zeit geben, Liebes.«

Paula schüttelte den Kopf. »Es ist nicht die Gehirnerschütterung. Es ist der verdammte Unfall. Das Vertrauen ist einfach weg.«

»Und jetzt?« Ihr Vater wagte auszusprechen, was alle dachten. »Wie soll es denn jetzt mit dir und der Reiterei weitergehen?«

Paula hatte sich verändert. Sie war zögerlich geworden, handelte nicht mehr spontan, sondern dachte drei Mal nach, bevor sie eine Entscheidung traf. Die Angst war ihr ständiger Begleiter geworden. Sie lauerte ihr morgens auf, wenn sie die Augen aufschlug, und war das Letzte, was sie wahrnahm, wenn sie abends einschlief. *Wenn* sie einschlief. Meistens lag sie gefühlt stundenlang in einem eigentümlich hellwachen Zustand einfach da, ihr Körper gerädert, während in ihrem Kopf die Gedanken rasten.

»Du hast eine Erfahrung von maximalem Kontrollverlust gemacht«, waren die Worte der Psychologin, die Paula nach langem Zureden der Familie schließlich aufsuchte.

Aber wirklich helfen konnte sie ihr auch nicht. Sie sprach von Panikattacken und riet an, eine Therapie zu machen, um die Auslöser ihrer Attacken zu verstehen und sie zu kontrollieren.

Dabei war der Auslöser so klar für sie. Es war genau der Moment, wo sie mit Bogart über den Sprung flog und realisierte, dass er nicht rüberkommen würde. Und sie nichts, aber auch gar nichts tun konnte, um es zu verhindern. Wieder und wieder spielte die Sequenz in ihrem Kopf, als hätte jemand eine Repeat-Taste gedrückt, und sie selbst hatte keine Ahnung, wie sie diese Endlosschleife unterbrechen konnte.

# 6.

Sie hatte gehofft, dass die Routine aus Schule und der Arbeit auf dem Hof, die zu den Verpflichtungen jedes der Lippold-Kinder gehörte, ihr Leben irgendwie wieder in eine Art Normalität bringen würde. Doch was war normal? Paula fand sich mit der schmerzlichen Tatsache konfrontiert, dass sie durch ihren starken Fokus auf das Reiten und den Turniersport nie irgendwelche Freundschaften geknüpft hatte, die über oberflächliches Geplänkel hinausgingen. Die Interessen der meisten Mädchen ihres Alters waren auf Beauty, Fashion und natürlich Jungs ausgerichtet. Und die wenigen Mädchen in ihrer Klasse, die ebenfalls pferdebegeistert waren, hatten entweder »nur« ein Pflegepferd oder standen reiterlich weit unter ihrem Level, sodass jegliche Unterhaltung ihr sinnlos schien.

Anne hatte noch ein paarmal versucht, sie zu auf dem Handy telefonisch zu erreichen, aber nachdem Paula ihre Anrufe immer weggedrückt hatte, war auch da Funkstille eingekehrt.

Sie konnte spüren, dass sie sich mehr und mehr in eine Art Kokon einspann, der sie nicht nur vor der Außenwelt abschirmte, sondern auch die Wahrnehmung ihrer Gefühle auf ein für sie erträgliches Maß herunterdimmte.

Das blieb ihrer Familie nicht verborgen. Als sie eines Nachmittags mit ihrem Bruder schweigend die Boxen ausmistete, in denen die Pferde über Nacht standen, konnte Johannes sich nicht zurückhalten:»Mann, kleine Schwester, du rennst seit Wochen rum wie ein Zombie. Ich kann das echt nicht mehr mit ansehen. Komm endlich wieder ins Leben zurück.«

Paula zuckte mit den Schultern. Was sollte sie dazu sagen? Doch Johannes ließ nicht ab.»Wann warst du das letzte Mal Bogart auf der Weide besuchen? Wann hast du überhaupt das letzte Mal auf einem Pferd gesessen? Bogart ist zu jung für den Ruhestand. Und du auch. Nur weil das mit dem Springen gerade nicht mehr geht, musst du doch nicht das Reiten aufgeben!«

»Ich überlege wirklich, es ganz dranzugeben«, erwiderte Paula. In der Tat hatte sie in den letzten Wochen des Öfteren darüber nachgedacht, wie es wäre, keine Pferde mehr sehen zu müssen und den Gedanken an sie ganz, ganz weit wegzuschieben.

Sich für den Jugend-Perspektivkader der Vielseitigkeitsreiter zu qualifizieren, war all die Jahre ihr innerer Brennpunkt gewesen, ob sie auf ein Turnier ging oder unermüdlich mit Bogart trainierte, um ihn immer besser zu machen. Jetzt, wo dieser Fokus sich in Luft aufgelöst hatte, schien alles andere plötzlich bedeutungslos. Als wäre die Mitte ihres Lebens einfach herausgefallen.

»Spinnst du?«, riss Johannes sie aus ihren trüben Gedanken. »Du hast schon auf Pferden gesessen, bevor du laufen konntest. Pferde sind dein Leben. Das kannst du gar nicht aufgeben!«

»Der Sport war mein Leben«, flüsterte Paula.»Aber das ist jetzt für immer vorbei.« Gegen ihren Willen standen plötzlich Tränen in ihren Augen, als sie Johannes anblickte.»Wie kann ich jemals wieder einem Pferd trauen?«

Johannes schüttelte den Kopf.»Aber Bogart hat doch nichts absichtlich getan, um dein Vertrauen zu brechen.«

»Ich weiß«, nickte Paula. »Das ist das Schlimmste. Wenn ich wenigstens einen Grund hätte. Aber ich habe keinen. Bogart hat einfach nur seinen Job gemacht. Die Wahrheit ist, ich vertraue mir nicht mehr.«

Was macht man, wenn man auf einem Pferdehof wohnt und beschlossen hat, mit Pferden nichts mehr zu tun haben zu wollen? Nach dem zehnten langen Waldspaziergang mit Boomer wurde Paula klar, dass sie den Pferden einfach nicht aus dem Weg gehen konnte. Gleichzeitig verspürte sie in sich keinerlei Regung, irgendetwas mit Bogart zu machen. Allein der Gedanke daran, ihn zu reiten, ließ in ihr sofort ein Gefühl von Übelkeit aufsteigen. Sie verurteilte sich dafür, zwang sich, zu ihm auf die Weide zu gehen, um ihn zu streicheln. Aber das machte alles nur noch schlimmer. Irgendetwas in ihr war einfach tot oder verschüttet in den Tiefen ihrer Seele.

Also verbrachte sie ihre Zeit damit, Johannes zuzuschauen, wenn er mit seinem Quarterhorse Easy Joe trainierte. Johannes war ein Freigeist, der ständig etwas Neues ausprobieren musste. Seine Grundausbildung hatte auch er in der englischen Reitweise erhalten und zu Anfang war er sogar zusammen mit Paula auf Turniere gegangen. Sie seufzte, als sie an diese Zeit zurückdachte, wie sie beide mit ihren deutschen Reitponys Kaja und Shirkan an den Sonntagen losgezogen waren, erst auf Turniere im näheren Umfeld, dann auf immer weiter entfernte Prüfungen. Wie leicht damals alles gewesen war, der Wettbewerb zwischen ihr und Johannes war nicht mehr als ein Spiel, und wer die bessere Platzierung errungen hatte, durfte den anderen bis zum nächsten Turnier damit aufziehen.

Doch irgendwann hatte sich bei ihr das Gefühl verändert, es ging nicht mehr um die Freude an der Sache, sondern es ging um »etwas«. Die Prüfungen nahmen in ihrem Leben immer mehr Raum und Gewicht ein, und wenn sie mal nicht unter die ersten drei kam, war sie zu Tode betrübt und trainierte umso härter.

Und dann war Johannes einfach ausgestiegen, verkündete von einem Tag auf den anderen, er habe keinen Bock mehr auf den ganzen Stress und man könne mit einem Pferd ja schließlich auch andere Sachen machen, als von einem Turnier zum anderen zu hetzen.

Paula war geschockt gewesen, sie fühlte sich verraten und verlassen. Doch wenn sie ehrlich war, hatte sie Johannes auf den Turnieren damals schon lange nicht mehr an ihrer Seite wahrgenommen. Ihre Augen waren nur auf eines gerichtet gewesen. Auf den Sieg und auf ihr großes Ziel Olympia.

Den Ponys waren sie ohnehin entwachsen, und Johannes entschied sich damals für den Quarterwallach Easy Joe, während Paula den 8-jährigen Hannoveraner Bogart bekam, mit dem sie sich in den vergangenen vier Jahren durch unermüdlichen Fleiß und hartes Training einen Namen als Vielseitigkeitstalent gemacht hatte.

Johannes dagegen sattelte um auf Westernreiten und probierte sich mit Joe in allen möglichen Disziplinen aus, blieb schließlich beim »Trail« hängen, einer Gehorsams- und Geschicklichkeitsprüfung für Geländepferde, wo es in einer vorgeschriebenen Zeit über simulierte Geländeschwierigkeiten wie Tor, Brücke, Bodenstangen oder Wippe ging.

»Vielseitigkeit für Faule« hatte Paula es immer scherzhaft genannt, doch als sie nun sah, wie Johannes aus dem Sattel in harmonischer Eleganz mit Joe das Tor vom Reitplatz öffnete, hindurchging und es wieder schloss, sehnte sich etwas in ihr für einen Moment nach so einem entspannten Miteinander, das sie in dieser Form mit ihrem Pferd noch nie erlebt hatte. Sie und Bogart hatten ein gutes Arbeitsverhältnis, sie war immer fair zu ihrem Pferd gewesen, doch ihre Ausrichtung war nicht die Beziehung zwischen ihnen gewesen, sondern dass Bogart die Leistung erbrachte, die sie von ihm verlangte. Saß der Schock über das, was geschehen war, vielleicht deshalb jetzt so tief?

Paula trottete hinter Johannes her, als er Joe zum Absatteln in den Stall führte, und setzte sich auf einen umgedrehten Eimer.

»Hey, kannst du ein Geheimnis für dich behalten?«, raunte ihr Bruder ihr zu.

»Klar«, antwortete Paula.

»Mama überlegt schon länger, dass sie nicht nur Kutsche fahren, sondern auch wieder selbst reiten will. Einfach ganz entspannt durch die Gegend zockeln. Aber die Friesen sind ihr zu groß. Und sind ja auch nicht mehr die jüngsten. Sie hat mich gefragt, ob ich mir vorstellen kann, ihr Joe zu überlassen.«

»Du willst ihn an Mama abgeben?«, gab Paula irritiert zurück.

»Joe wäre ideal für sie. Er ist super ausgebildet und lammfromm.«

Paula kannte ihren großen Bruder gut genug, um zu wissen, dass er nicht einfach so den barmherzigen Samariter spielte.

Sie fixierte ihn. »Und was springt für dich dabei raus?«

Johannes hockte sich neben seine Schwester. Seine Augen blitzten.

»Ich habe große Pläne. Und dafür brauche ich ein neues Pferd.«

»Sag mal, spinnst du jetzt? Du kannst doch nicht einfach die Pferde tauschen wie Kleider. Und wer soll das überhaupt bezahlen?«

»Sagen wir einfach, es ist eine Win-win-Situation. Also, hier ist das Geheimnis: Mama hat von Tante Luise ein bisschen was geerbt unter der Auflage, dass sie sich damit etwas Gutes tut. Sie will sich ein Reitpferd schenken. Und wenn ich ihr Joe abgebe, tut sie im Gegenzug mir etwas Gutes und schenkt mir ein neues Pferd.«

Paula merkte, dass sie stocksauer wurde. Das war wieder typisch, dass Johannes und ihre Mutter gemeinsame Sache machten und sie als Letzte davon erfuhr.

»Und wo ist da jetzt das Geheimnis, wenn alle es schon wissen?«, schnappte sie.

Johannes blickte sie treuherzig an. »Papa weiß es noch nicht. Und ich habe gedacht, wenn ich dich in unseren Plan einweihe, könntest du vielleicht ein gutes Wort für mich bei Papa einlegen.«

Paula seufzte. So waren eben die Rollen in ihrer Familie verteilt, Johannes der Mamasohn und sie die Papatochter. Plötzlich kam ihr ein Gedanke. »Ich helfe dir, wenn du mir hilfst«, gab sie zurück.

Johannes blickte sie aufmerksam an und Paula fuhr fort. »Ich bin in einer totalen Zwickmühle mit Bogart. Ich würde ihn um nichts in der Welt abgeben, denn den Gedanken, dass er unter einem anderen Reiter Turniere geht, ertrage ich einfach nicht. Aber ich kann ihn auch nicht mehr selbst reiten. Da ist irgendwas total blockiert. Wenn Mama Joe übernimmt, dann könnte Papa Bogart als sein Pferd nehmen. Dann ist allen geholfen. Du kriegst dein neues Pferd, Mama und Papa reiten entspannt in der Gegend rum und ich bin meine blöden Gefühle gegenüber Bogart los. Er kann hierbleiben und hat eine neue Aufgabe, die nichts mit mir zu tun hat.«

»Das ist ein Deal«, nickte Johannes. »Ich arbeite an Mama, dass sie Papa Reiten statt Kutsche fahren schmackhaft macht, und du arbeitest an Papa, dass er unserem großen Pferdetausch zustimmt.«

»Ich sehe nicht, warum er etwas dagegen haben sollte. Platz ist genug da, Wiesen und Heu haben wir auch genug, und wenn Mama es dir bezahlt ...«, gab Paula zurück. Sie blickte Johannes an. »Jetzt bin ich aber doch neugierig. Was hast du denn für tolle Pläne und was für ein Pferd brauchst du dazu?«

»Wird noch nicht verraten, aber sobald ich alle Facts beisammenhabe, erzähle ich es dir als Erste.«

# 7.

Paula kam früher aus der Schule, weil die letzten beiden Stunden überraschend ausgefallen waren. Marlene Lippold war gerade dabei, in der großen Wohnküche das Mittagessen zuzubereiten. Paula stellte ihre Schultasche ab und wollte gleich auf ihr Zimmer verschwinden, doch die Mutter hielt sie zurück.

»Ich habe das Gefühl, ich sehe dich kaum noch und wir reden auch gar nicht mehr.«

»Mir ist gerade nicht so nach Reden«, wich Paula aus.

Die Mutter ignorierte ihren Einwand und zog sie neben sich auf einen Stuhl. »Paula, du weißt, dass Papa und ich deine Entscheidung in Bezug auf das Reiten vollkommen akzeptieren. Bogart ist dein Pferd, du kannst mit ihm tun oder lassen, was du willst. Aber es tut mir weh zu sehen, wie du um die Pferde hier am Hof einen großen Bogen machst. Du bist doch gar nicht mehr du selbst! Wo ist meine kleine Paula, die praktisch in einer Pferdebox groß geworden ist, die wir schon als Kleinkind nur auf ein Pferd setzen mussten, wenn sie geschrien hat oder nicht einschlafen konnte, und die sich dann sofort beruhigt hat, deren Augen geleuchtet haben, wenn sie jede freie Minute draußen bei den Pferden sein konnte. Wo ist diese Paula geblieben?«

Bei den Worten ihrer Mutter spürte Paula plötzlich eine tiefe Traurigkeit. »Ich weiß nicht, wo sie geblieben ist, Mama. Ich weiß es nicht«, flüsterte sie. Und fügte hinzu: »Vielleicht habe ich sie ja schon lange vor dem Unfall verloren.«

»Darf ich dich in den Arm nehmen?«, fragte die Mutter sanft und Paula nickte.

Für einen Moment genoss sie in den Armen der Mutter einfach das Gefühl, dass alles gut war. Hier und jetzt war alles gut. Doch einen Augenblick später war die lauernde Angst wieder da und Paula machte sich steif. »Ich muss jetzt wirklich auf mein Zimmer, Hausaufgaben machen.«

Ihre Mutter blickte zur Schultasche hinüber, die Paula in der Küchenecke stehen gelassen hatte.

Paula atmete tief aus. »Ich will einfach nur allein sein, okay?«

»Ich glaube nicht, dass dir das guttut, Paula. Du igelst dich ein, kapselst dich ab, weichst aus. So bekommst du das nicht in den Griff. Was hältst du davon, vielleicht doch eine Art Therapie zu machen, um die Folgen des Unfalls zu verarbeiten?«

»Niemals«, stieß Paula aus. »Ich bin nicht psycho. Ich will einfach nur meine Ruhe haben.«

Sie sprang auf und rannte in ihr Zimmer.

Jeder in der Familie schien sich dieser Tage besonders um sie zu bemühen und Paula hasste das. Als ihr Vater sie ein paar Tage später fragte, ob sie mit ihm nicht mal wieder eine schöne Kutschfahrt machen wollte, hätte sie am liebsten ausgerufen: »Nicht auch noch du, Papa!«

Doch dann erinnerte sie sich an die Abmachung mit Johannes. Vielleicht war das ja eine gute Gelegenheit, mit ihm in Ruhe über den großen Pferdetauschplan zu sprechen, wie sie und Johannes ihn insgeheim nannten.

43

Es war ein prachtvoller Frühlingsnachmittag, und Paula überwand sich, mit ihrem Vater die beiden Friesen Aaron und Caius zu putzen und ihm beim Anschirren zu helfen.

Dann kletterte sie neben ihn auf den Kutschbock und es ging los.

Ihr Vater bohrte nicht in ihr rum, wie Johannes oder die Mutter. Da war eine Verbindung zwischen ihnen, die Paula guttat. Nachdem sie einige Zeit einfach nur dem rhythmischen Klang der Pferdehufe gelauscht hatte, spürte sie, dass sie sich ruhiger fühlte, fast schon ein bisschen glücklich.

»Johannes ist ja im Sommer mit der Schule fertig«, begann ihr Vater plötzlich aus heiterem Himmel ein Gespräch.

Paula nickte.

»Er hat mir gesagt, dass er auch das Schmiedehandwerk ergreifen will«, fuhr ihr Vater fort. »Das macht mich natürlich stolz und froh. Auf unserem Hof wird die Schmiedekunst dann in der vierten Generation weitergetragen.«

Paula riss überrascht die Augen auf. »Also, ich habe in den vergangenen Monaten viele Berufsideen von Johannes gehört, aber Schmied war nicht darunter«, gab sie zurück. »Aber wenn das so ist, dann freue ich mich natürlich für ihn«, setzte sie schnell hinzu. »Und für dich, Papa. Ich weiß, wie viel dir das bedeutet. Und diesen Wunsch kann ich dir leider nicht erfüllen.«

»Ach, meine Paula.« Der Vater legte einen Arm um sie. »Das musst du doch auch nicht. Ich will nur, dass du glücklich bist.«

Paula versuchte schnell, das Thema von sich wieder auf Johannes zu lenken.

»Hat er sonst noch was gesagt?«, fragte sie nach.

Ihr Vater zuckte mit den Schultern. »Wir haben besprochen,

dass er in eine auswärtige Lehrschmiede geht, wie ich selbst, mein Vater und mein Großvater das auch schon getan haben. Wenn er sein Handwerk gelernt hat, kommt er zurück und steigt hier mit ein, Arbeit ist ja genug da.«

Ein Stich durchfuhr Paula. Johannes würde weggehen. »Und was will er mit Easy Joe machen? Lässt er ihn hier stehen oder nimmt er ihn mit?«, fragte sie betont nebensächlich.

»Hmmm, das ist die Frage«, gab ihr Vater zurück. Paula wartete, ob noch etwas von ihm kam. Das war eine Steilvorlage, um über den großen Pferdetauschplan zu sprechen. Auch wenn sie sich gerade etwas ärgerte, dass Johannes sie in seine Pläne, Schmied zu werden, nicht eingeweiht hatte.

Die Friesen schritten entspannt im Schritt an der Kuhweide des Biobauern vorbei. Paula gab sich einen Ruck.

»Papa, ich wollte schon länger mal mit dir über Bogart reden.« Sie spürte, wie ihr Herz zu klopfen begann, und zwang sich, einfach weiterzureden. »Ich kann ihn nicht abgeben. Aber ich kann ihn auch nicht mehr reiten. Das Vertrauen ist einfach nicht mehr da.«

Ihr Vater hörte ihr ruhig zu.

»Und ich habe gedacht, dass du ihn vielleicht als Reitpferd übernehmen könntest. Also, n-natürlich nur, wenn du das willst«, brachte Paula stotternd hervor und kam sich dabei total blöd vor.

Ihr Vater sagte nichts, aber mit einem schnellen Seitenblick sah Paula ein feines Lächeln auf seinem Gesicht.

»Du weißt es schon?«, fragte sie vorsichtig.

»Mama und ich haben gesprochen. Wir beide denken schon länger daran, vom Kutschbock wieder in den Sattel zu steigen.

Mama will einfach nur so ein bisschen freizeitreiten, aber ich kann mir durchaus vorstellen, bei Geländeritten mitzumachen, vielleicht sogar die eine oder andere Jagd zu reiten. Da wäre ein gut ausgebildetes Vielseitigkeitspferd wie Bogart ideal.«

War das jetzt wahr? Lief sie mit ihrer Idee bei ihrem Vater wirklich weit offene Türen ein?

»Heißt das, du kannst dir echt vorstellen, Bogart zu übernehmen?«, hakte Paula noch mal nach.

»Die Frage ist eher: Kannst du dir vorstellen, Bogart wirklich abzugeben? Denn genau darüber wollte ich mit dir reden«, gab ihr Vater zurück.

Hier war er nun, der Ausweg aus der schmerzhaften Zwickmühle, in der Paula sich seit ihrem Unfall befand. Doch jetzt, wo die Lösung sozusagen auf einem Silbertablett vor ihr lag, zögerte sie. So viel Arbeit hatte sie in die Ausbildung von Bogart gesteckt, um ihn an den Punkt zu bringen, wo er jetzt war. Wenn sie ihn abgab, würde sich die Tür zu ihrem großen Traum endgültig schließen. Denn ein neues geeignetes Pferd zu finden und auf den Stand zu bringen, würde Jahre dauern. Und dann war der Zug mit dem Jugendperspektivkader endgültig abgefahren. Oder war er das vielleicht sowieso schon?

Zum ersten Mal seit dem Unfall wagte Paula, sich diese Frage zu stellen. Und es tat weh. Denn sie konnte spüren, dass unter all dem Nebel, in den sie sich in den vergangenen Wochen gehüllt hatte, ihre Leidenschaft noch brannte. Für Pferde, für die Vielseitigkeit und ja, auch für ihren großen Traum von Olympia.

»Ich brauche noch etwas Zeit«, flüsterte sie.

»Alle Zeit der Welt, mein Engel«, gab ihr Vater zurück und drückte Paula. »Du hast alle Zeit der Welt.«

Nachdem sie mit ihrem Vater Aaron und Caius versorgt hatte, beschloss Paula spontan, zu Bogart auf die Weide zu gehen.

Die Frage, die ihr Vater ihr gestellt hatte, wollte sie nicht mehr loslassen:»Kannst du dir vorstellen, Bogart wirklich abzugeben?«

Konnte sie das? Wollte sie das? Mit allen Konsequenzen? Oder war es für sie nur ein leichter Ausweg aus ihrem inneren Schmerz?

Am Weidetor blieb sie stehen. Ihr altes Reitpony Kaya hob sofort den Kopf und blickte zu ihr herüber. Bogart blieb mit seinem Kopf im Gras.

Das war ihr vorher noch nie bewusst aufgefallen. Kaya nahm sie immer wahr, wenn sie auf die Weide kam, egal, wie gut ihr das Gras schmeckte. Sie hatte sie bekommen, als sie fünf war, und in den ersten Jahren hatte Paula jede freie Minute mit ihrem Pony verbracht, nicht nur wenn sie sie ritt. Sie waren zusammen spazieren gegangen, hatten im Fluss geplanscht, und im Sommer hatte sie ihre Hausaufgaben immer auf der Weide gemacht, während Kaya neben ihr graste. Sie war irgendwie ihre beste Freundin gewesen, der sie alles anvertraut hatte und die ihr das Gefühl gab, sie wirklich zu verstehen.

Irgendwann, als sie älter wurde, war das in den Hintergrund getreten, und es war mehr um ihre Erfolge auf den Ponywettbewerben gegangen. Aber auch da hatte sie die Platzierungen und Siege immer stolz mit Kaya geteilt. Sie waren auf einer tiefen Ebene einfach fraglos verbunden.

Paula blickte zu Bogart hinüber, der sie immer noch nicht wahrnahm. Oder wahrnehmen wollte? Sie hatten den Wallach damals nach seinen Anlagen ausgesucht, er war gekauft worden als ein junges, vielversprechendes Turnierpferd. Das war von Anfang an die Natur ihrer Beziehung gewesen. Freundlich, fair, leistungsorientiert.

Unter dem Sattel hatten sie eine feine Verbindung, und Paula wusste, dass sie sich in Prüfungen hundert Prozent auf ihn verlassen konnte. Aber darüber hinaus gab es einfach keine Verbindung zwischen ihnen, das wurde ihr jetzt schmerzlich bewusst.

Sie schlüpfte unter dem Zaun hindurch auf die Weide und ging zu Bogart hinüber. Als sie sich näherte, hob er den Kopf und blickte sie an, als wolle er sagen: Was brauchst du heute von mir? Was kann ich für dich tun?

Sie strich über seine Mähne. Er war ein gutes Pferd. Johannes hatte recht. Viel zu jung, um in den Ruhestand zu gehen.

Ihr Kopf sagte: Behalte ihn. Versuch es noch mal. Du hast so viel in ihn reingesteckt. Er ist deine einzige Chance, deinen Traum doch noch zu leben.

Doch ganz tief in ihr verborgen wusste ihr Herz, dass es so nicht weiterging. Nicht wegen ihrer Angst, sondern weil sie vage spürte, dass etwas zwischen ihnen fehlte. Immer gefehlt hatte. Der Unfall hatte es nur schmerzlich ans Licht gebracht.

Paula sah plötzlich mit großer Klarheit, dass ihr Weg mit Bogart zu Ende war. Er hatte seine Aufgabe in ihrem Leben erfüllt, und wenn diese nur darin lag, sie genau an diesen Punkt zu bringen. Keine Ahnung, ob und wie es weiterging. Aber so nicht.

»Danke, du Lieber. Danke für alles, was ich durch dich lernen durfte«, flüsterte sie.

Als verstehe er ihre Worte, berührte Bogart mit seinen Nüstern sanft ihre Wange. Plötzlich war sie da, diese Verbundenheit, die sie mit Kaya so fraglos teilte. Und die zwischen ihnen immer

gefehlt hatte. Sie zögerte kurz. Gab es vielleicht doch noch einen
Weg für sie beide?

»Lass ihn gehen«, sagte eine innere Stimme.

Paula atmete tief aus. Ja, sie musste ihn freigeben. Alles andere wäre nicht fair.

»Du wirst mit Papa eine gute Zeit haben. Ein schönes Pferde-
leben. Viel entspannter als mit mir«, flüsterte sie ihm zu und
musste ein bisschen lächeln. »Definitiv entspannter.«

Sie strich ihm noch mal über den Rücken. Dann wandte sie
sich um und verließ die Weide, ohne sich noch mal umzublicken.

Johannes passte sie ab, bevor sie ins Haus ging. Ihm war anzusehen, dass er es vor Spannung kaum aushielt.

»Und?«

»Verräter«, gab Paula zurück.

»Wieso bin ich ein Verräter?« Johannes konnte gucken wie die
Unschuld in Person.

»Du hast gesagt, dass ich die Erste bin, die von deinen Plänen erfährt. Und jetzt muss ich es von Papa hören«, gab Paula
zurück.

»Sorry.« Er blickte zerknirscht auf den Boden. »Es gab gestern
einfach die perfekte Gelegenheit, da musste ich es tun.«

Schnell schob er hinterher: »Hast du ihm das mit Bogart ver-
klickert?«

Paula schwieg. Sollte er ruhig ein bisschen zappeln.

»Okay, dann sage ich dir zuerst, was ich rausgefunden habe.
Mama und Papa wollen ...«

»Weiß ich alles schon«, unterbrach Paula ihn.

Johannes blickte sie überrascht an. »Also, wenn du es von

49

Papa weißt, dann ist ja alles klar. Ich meine, dann weiß ja jetzt jeder alles.«

Paula verdrehte die Augen »Du machst mich wahnsinnig mit deinen komplizierten Manövern.«

»Schwesterherz, das nennt man Diplomatie«, grinste Johannes. »Und nun bin ich bereit, Phase 2 meines großen Plans zu launchen.«

»Zu was?«

»Launchen. Der Welt zu verkünden.«

Paula musste unwillkürlich über ihren Bruder lachen. »Und das wäre?«

»Ganz im Ernst jetzt«, antwortete Johannes. »Ich merke schon länger, dass mich das Trailreiten mit Joe nicht mehr reizt. Du kennst mich doch. Ich brauche immer neue Herausforderungen. Und was mich total fasziniert, ist, mit einem Pferd frei zu kommunizieren. So eine Verbindung aufzubauen, dass du dich vom Boden aus oder auch vom Pferderücken ohne merkliche Hilfen und auch ohne Hilfsmittel verständigen kannst.«

Paula blickte ihren Bruder fragend an. »Wieso brauchst du dazu ein neues Pferd? Du hast doch mit Joe schon eine total gute Verständigung.«

Johannes schüttelte den Kopf. »Da ist noch was ganz anderes möglich, das spüre ich. Ich will mit einem jungen Pferd arbeiten, das noch frisch im Kopf ist. Es von Anfang an ganz auf mich einstellen.« Er grinste breit. »Und dann ein Showprogramm machen, mit dem ich in den großen Arenen der Pferdewelt auftrete.«

»Du hast einen Knall«, gab Paula zurück. »Und den Teil mit den großen Arenen würde ich Papa nicht erzählen, der rechnet nämlich fest damit, dass du bei ihm einsteigst.«

Johannes machte eine Geste, als verneige er sich vor einem großen Publikum. »*Johannes Lippold – Schmied und Showman*«. Paula gab ihm einen Schubs. »Du Träumer. Werde endlich erwachsen!«

Frank Lippold hatte für den Samstagabend eine Familienkonferenz einberufen. Paula hatte ihrem Vater noch am selben Abend von der Begegnung mit Bogart auf der Weide erzählt und was sie für sich verstanden hatte. Das erste Mal seit Wochen fühlte sie sich ums Herz etwas leichter. Hatte das mit ihrem Entschluss zu tun, Bogart gehen zu lassen?

Nachdem der Abendbrottisch abgeräumt war, ergriff der Vater das Wort. »Die letzten Wochen waren durch Paulas Unfall für uns alle nicht einfach. Und auch bei Johannes gibt es zum Sommer ja einen großen Umbruch. Am Ende sitzen Mama und ich hier allein mit einem Haufen Pferde, die versorgt werden wollen. Ich würde deshalb jetzt gerne von meinen Kindern wissen, wie ihr euch eure Zukunft mit oder ohne Pferd vorstellt, sodass wir planen können. Mamas Erbschaft gibt uns finanziell einen kleinen Spielraum und wir wollen euch daran teilhaben lassen.«

»Also, ich bin raus«, ergriff Paula als Erste das Wort.

Einen Moment erfüllte betretenes Schweigen den Raum.

»Liebes, du hast noch so viele Chancen, deine Träume zu verwirklichen ...«, versuchte die Mutter, ihr zuzureden.

»Bitte, Mama«, unterbrach Paula sie. Sie fühlte sich so klar wie lange nicht mehr. »Ich brauche einfach Zeit, muss alles neu sortieren. Ich bin total froh, dass Papa mit Bogart weitermacht, und mehr weiß ich im Moment nicht.«

»Danke, Paula«, schaltete sich der Vater ein. »Für dich erwarten wir also in absehbarer Zeit erst mal kein Pferd auf dem Hof.« Er wandte sich an seinen Sohn. »Johannes? Was sind deine Pläne?«

Johannes räusperte sich. Für seine Verhältnisse war er ungewöhnlich ernst. »Ich will noch mal ganz neu anfangen. Ich meine damit nicht nur meinen Beruf als Schmied, sondern auch die Pferde. Ich weiß, dass ich es in mir habe, ganz frei mit Pferden zu kommunizieren und zu arbeiten. Ich will mir einen Namen damit machen, erst mal im Internet, auf YouTube und Instagram, und wenn ich dann wieder hier bin, will ich auch Kurse anbieten und so. Als zweites Standbein zur Schmiede. Wir haben hier doch alles: Reitplatz, Wiesen, Ställe, da will ich was draus machen. Das neue Pferd würde ich auch an die Lehrschmiede mitnehmen, wo immer das sein wird. Da kann ich dann jeden Tag mit ihm weiterarbeiten.«

Paula war beeindruckt. Ihr großer Bruder hatte sich richtig Gedanken gemacht. Und es schien im Moment in der Pferdeszene ja der Renner zu sein, die traditionellen Ausbildungswege hinter sich zu lassen und allen möglichen Schnickschnack mit den Pferden am Boden zu veranstalten. War nicht ihres, aber wenn es Johannes dahin zog, warum nicht.

Frank Lippold nickte. »Ihr wisst, dass wir euch bei allen Plänen unterstützen, sofern sie Hand und Fuß haben und ihr euren Beitrag dazu leistet. An was für ein Pferd hast du denn gedacht?« Und mit einem verschmitzten Seitenblick auf seine Frau fügte er hinzu: »Ich weiß ja nicht, welche Summe dir Mama in Aussicht gestellt hat.«

Johannes war plötzlich Feuer und Flamme. »Ich mache mir

da schon länger Gedanken. Habe viel recherchiert. Es sollte auf jeden Fall ein Warmblut sein, das auch über ein gewisses Erscheinungsbild verfügt. Ich bin durch Zufall auf einen alten Hannoveraner-Züchter gestoßen, gar nicht so weit von hier entfernt, der eine kleine Zucht mit sehr besonderen Pferden hat. Es fängt schon damit an, dass er nicht jedem jedes Pferd verkauft. Er guckt sich die Leute ganz genau an und gibt ein Pferd nur ab, wenn es wirklich zum neuen Besitzer passt. Er hat auch keine festen Kaufpreise, sondern gibt seine Pferde Platz über Preis weg.«

»Wie heißt der?«, hakte der Vater nach.

»Martin Winkler.« Paula wollte den Namen in die Suchmaschine ihres Handys eingeben, aber Johannes winkte ab. »Vergiss es. Der hat keine Webseite, keine E-Mail-Adresse. Selbst um die Telefonnummer rauszufinden, habe ich bald eine Woche gebraucht. Man meint fast, der will nicht gefunden werden. Außer von den richtigen Leuten.«

»Hast du mit ihm schon Kontakt aufgenommen?«, schaltete Marlene Lippold sich jetzt ein.

»Ja. Wir könnten sogar jetzt am Wochenende hinfahren. Er hat im Moment zwei fast vierjährige Wallache, die im Prinzip abgegeben werden könnten, sagt er.«

»Sehr geheimnisvoll«, meinte Frank Lippold. »Komisch, dass ich den gar nicht kenne. Aber gut, fahren wir mal hin und schauen uns an, was er hat.« Er wandte sich an Paula. »Kommst du mit?«

Obwohl sie Johannes gespannt gelauscht hatte, schüttelte sie schnell den Kopf. »Mach das mal ohne mich. Boomer und ich hüten den Hof.«

# 8.

Paula spürte eine innere Unruhe, die sie sich selbst nicht erklären konnte. Sie hatte freiwillig den Stalldienst übernommen, damit ihre Eltern mit Johannes um zehn Uhr zu diesem geheimnisvollen Hannoveraner-Züchter fahren konnten.

Der Gedanke, dass er ein Pferd nur verkaufte, wenn es wirklich zum neuen Besitzer passte, faszinierte sie. Sie hatte versucht, durch das Internet irgendetwas über ihn in Erfahrung zu bringen, aber es war so, wie Johannes gesagt hatte. Martin Winkler und seine Zucht schienen in der digitalen Welt nicht zu existieren.

Gegen ihren Willen wanderten ihre Gedanken immer wieder zu den beiden Wallachen, die zum Verkauf standen. Ob einer von den beiden wohl das richtige Pferd für Johannes war?

Die Arbeit ging ihr schnell von der Hand, und als sie um kurz vor zehn zum Haus zurückging, saßen ihre Eltern abfahrbereit im Auto. Johannes hatte wie immer irgendetwas vergessen und war noch mal ins Haus gerannt.

Marlene Lippold ließ das Fenster herunter. »Wir sind sicher vier Stunden weg, ich habe dir einen Topf mit Gemüsesuppe in den Kühlschrank gestellt. Musst du dir nur noch warm machen.«

Paula nickte abwesend. Und wenn sie doch mitfuhr? Ob sie nun vier Stunden zu Hause rumsaß oder mit den anderen im

Auto, war auch egal. Bei dem Gedanken spürte Paula plötzlich ein Kribbeln in ihrer Brust.

Johannes kam aus dem Haus gerannt. »Okay. Hab alles. Abfahrt.«

»Ich komme mit«, entfuhr es Paula, und als sie die Worte ausgesprochen hatte, tat ihr Herz einen Sprung. »Gebt mir zwei Minuten. Ich komme mit.«

Nach einer guten Stunde Fahrtzeit kamen sie an einen kleinen historischen Vierseithof mit einer mächtigen Kastanie in der Mitte. Es gab keine Hausnummer und keinen Namen am Tor.

»Das muss es sein«, meinte Johannes mit Blick auf sein Handy.

»Laut Navi dürfte dieser Hof gar nicht existieren«, kommentierte Frank Lippold. »Und die Straße auch nicht. Wir befinden uns kartografisch sozusagen auf Neuland.«

Sobald sie ausgestiegen waren, öffnete sich die Haustür, und ein feingliedriger, weißhaariger Mann trat heraus. Sein Alter war schwer zu schätzen, je nachdem, ob man nach den tausend Falten in seinem Gesicht ging oder nach seinen jugendlich strahlenden blauen Augen.

Er kam freundlich lächelnd auf sie zu und stellte sich als »Martin« vor, indem er jedem Einzelnen fest die Hand schüttelte.

Paula war er auf Anhieb sympathisch. Er strahlte eine ruhige Sicherheit aus, die ihr total guttat.

»Meine Schwester Emmi hat gerade einen Blechkuchen aus dem Ofen geholt. Kommt erst mal rein und trinkt einen Kaffee, dann reden wir ein bisschen. Die Pferde laufen uns nicht weg.«

55

Er geleitete die überraschten Lippolds in die gute Stube des Wohnhauses. Die ganzen Wände waren mit Pferdebildern gepflastert – Stuten mit Fohlen, stolze Hengste, aber auch Siegerehrungen von Turnieren.

»Mensch, ist das Willi Schultheis?« Frank Lippold trat an eines der alten Fotos heran, um es näher zu betrachten. Der überragende Dressurtrainer Schultheis stand neben einem Schimmel, auf dem ein sehr junger Martin Winkler saß.

Martin nickte. »Willi war einer meiner Lehrer. Leider gibt es heutzutage keine Ausbilder mehr von diesem Kaliber.«

»Anwesende ausgenommen«, vernahmen sie eine Stimme aus dem Hintergrund. Emmi Winkler kam mit einer Platte voll duftendem Streuselkuchen ins Zimmer. Sie war eine resolute Frau, die dieselbe Ruhe ausstrahlte wie ihr Bruder. »So, der Kaffee ist auch frisch aufgebrüht. Setzt euch.«

Paula ertappte sich bei dem Gedanken, wie Pferde wohl auf die Ausstrahlung der beiden Winklers reagieren mochten. »Sie, ähm, ich meine, du bist auch Turniere geritten?«, hörte sie sich sagen.

Martin Winkler winkte ab. »Das ist lange her. Ich habe meine Berufung darin gefunden, gute Pferde zu züchten. Das tue ich bis zum heutigen Tag mit ganzer Leidenschaft. Und ich werde bald 76.«

Er blickte Paula an. »Und du? Du hast noch das Feuer in dir, ganz oben auf dem Treppchen zu stehen, oder?«

Einen Moment war es totenstill am Tisch, dann wechselte Frank Lippold schnell das Thema. »Wir suchen ein Pferd für meinen Sohn Johannes. Aber erzähl doch mal selbst, was du dir vorstellst, Jojo.«

Bevor Johannes ansetzen konnte, entgegnete Martin: »Wir können kein Pferd nach unseren Vorstellungen kaufen. Denn sie sind genau das: VOR-Stellungen, die unsere Wahrnehmung verstellen. So wird nie eine echte Begegnung mit dem Pferd stattfinden. Sein wahres Wesen wird sich uns nie erschließen. Es wird sich uns nie ganz schenken. Immer wieder kommen Leute zu mir, die ein Pferd für den Sport suchen, das ihnen den Erfolg sichern soll. Doch Erfolg und feines Reiten sind zwei vollkommen verschiedene Paar Schuhe.«

Er blickte Paula einen Moment eindringlich an. Oder bildete sie sich das nur ein?

Dann fuhr er fort. »Es braucht erst mal unsere Offenheit. Uns ganz einzulassen auf das Pferd vor uns. Am Ende sucht das Pferd dich aus, nicht du das Pferd.«

»Martin, jetzt sei doch nicht so streng«, schaltete sich Emmi Winkler mit einem versöhnlichen Lächeln ein. »Man meint ja gerade, du wolltest die Leute verscheuchen.«

Doch Martin Winkler fuhr unbeirrt fort. »Ich muss mit der Pferdezucht kein Geld verdienen. Deshalb kann ich es mir leisten, meine Pferde nur in Hände abzugeben, die ihnen mit dem nötigen Vertrauen und Respekt begegnen. Meine Hannoveraner mögen vom Exterieur wie hochleistungsfähige Sportpferde aussehen. Ihre wahre Qualität liegt aber zwischen ihren Augen. In ihrem Wesen. Wenn ihr ein Pferd sucht, das ein echter Partner ist, der mit euch durch dick und dünn geht, auf den ihr euch zu hundert Prozent verlassen könnt, dann seid ihr bei mir an der richtigen Adresse. Wenn ihr ein Pferd sucht, um es auf den Turnierplätzen dieser Welt zu verheizen, dann muss ich euch leider bitten zu gehen.«

Für einen Moment war es totenstill im Raum. Paula fühlte wieder dieses Kribbeln in ihrer Herzgegend. Sie hatte noch nie jemanden so über Pferde sprechen gehört.

Dann ergriff Johannes das Wort:»Ehrlich, Martin. Genau deswegen sind wir bei dir. Also, bin ich hier. Ich will frei mit Pferden arbeiten. Eine Verbindung aufbauen, bei der wir wortlos miteinander kommunizieren. Ich wünsche mir ein Pferd, das klar im Kopf ist, wach und menschenbezogen.«

Martin nickte langsam. Ihm schien zu gefallen, was er hörte. »Nach dem Kaffee können wir ja mal schauen.«

Als sie die sauber gekehrte Stallgasse mit den geräumigen Boxen betraten, schoben sich sofort zwei neugierige Pferdeköpfe über die Halbtüren. Ein selbstbewusster Fuchs und ein feingliedriger Brauner mit weißem Stern auf der Stirn und einer kleinen Schnippe zwischen den Nüstern.

»Die Pferde leben immer draußen auf Koppel. Aber wenn Besuch kommt, holen wir sie rein. Emmi hat sie sogar extra geputzt, obwohl ich alles getan habe, sie davon abzuhalten.«

Martin steuerte den Fuchs an.»Das ist Valentino. Er ist ein bildschöner Kerl mit einem starken Charakter, der den Menschen gerne auf die Probe stellt. Er braucht ein Gegenüber, das sehr klar ist und keine Angst hat vor seiner grenzenlosen Energie. Valentino liebt es, sich zu präsentieren. Und er liebt Publikum. Aber er muss sich zeigen können, wie er es will. Er will sich einbringen in die gemeinsame Arbeit. Ich würde sagen, wenn es dich zur Freiarbeit zieht und du vielleicht auch mal damit auftreten willst, könnte Valentino dein Pferd sein.«

Während Martin sprach, hatte Paula sich etwas abseits gestellt. Plötzlich spürte sie einen warmen Atem in ihrem Nacken. Wohlige Schauer rieselten durch ihren ganzen Körper. Sie schloss die Augen und spürte einfach nur hin zu dem Wesen, das da so zart mit ihr Kontakt aufnahm. Martins Worte verschwammen im Hintergrund, und Paula vergaß, wo sie war. Die Zeit schien stillzustehen. Irgendwann kitzelten sie ein paar Tasthaare und ein samtiges Pferdemaul berührte sie sanft an der Wange. Wieder verharrten sie und das Pferd eine gefühlte Ewigkeit in dieser Verbindung. Es war überirdisch schön.

Von weit her hörte sie plötzlich ihren Namen und wurde unsanft wieder in die Wirklichkeit gezogen. Als sie die Augen öffnete, blickten alle sie an. Sie hatten Valentino am Halfter aus der Box geholt und waren offenbar im Begriff, mit ihm auf den Reitplatz zu gehen.

»Wo bist du denn gerade gewesen?«, meinte ihre Mutter scherzhaft.

»Im Himmel«, flüsterte Paula spontan.

Martin nickte ihr kurz zu. Er schien zufrieden mit dem, was er sah. »Das ist übrigens La Vie. Das Leben.«

Während Johannes Valentino auf dem Platz bewegte, stellte Martin sich neben Paula. »Deine Eltern haben deinen Reitunfall erwähnt. Keine schöne Sache. Das macht was mit einem.«

Paula nickte. Sie hatte plötzlich das Gefühl, zum ersten Mal seit dem Unfall mit einem anderen Menschen alles teilen zu können. Ihre Ängste und Zweifel, ihre Traurigkeit und Wut, ihre Ohnmacht und innere Leere. Es lag nicht an dem, was Martin Winkler sagte, sondern wie er es sagte. Wie er hier, jetzt für sie einfach da war, flößte ihr ein grenzenloses Vertrauen ein. Gleichzeitig spürte sie, dass es gar keiner Worte bedurfte, dass er auch so genau wusste, wie es um sie stand.

Eine Träne lief langsam ihre Wange herab.

Martin blickte ihr in die Augen.»Nur du kannst die Entscheidung treffen, Paula. Das kann keiner für dich tun.«

»Was für eine Entscheidung?«, gab sie leise zurück, obwohl sie innerlich genau wusste, was er meinte.

»Die Entscheidung, dir selbst wieder zu vertrauen«, gab Martin Winkler zurück.

Paula senkte den Kopf und flüsterte:»Ich weiß. Aber ich weiß nicht, wie.«

Martin legte eine Hand auf ihre Schulter.»Sage einfach Ja.«

Paula blickte ihn an.»Ja zu was?«

Ein feines Lächeln huschte über Martins Gesicht.»Zum Leben.«

# 9.

Johannes und Valentino schienen wie füreinander gemacht. Der Fuchs hatte sich Jojo sofort angeschlossen und galoppierte ausgelassen hinter ihm her, als dieser schnelle Sprints über den Reitplatz machte. Wenn er abrupt stehen blieb, blieb auch Valentino stehen. Paula wandte sich von dem Rumtollen ab und schlenderte gedankenverloren zum Stall zurück. Sie freute sich für ihren Bruder, dass er »sein« Pferd gefunden zu haben schien. Es sollte wohl so sein, dass die zwei sich begegneten.

Als sie die Stallgasse betrat, steckte La Vie seinen hübschen Kopf neugierig über die Halbtür der Box.

Sie blieb unschlüssig vor ihm stehen. Warum war sie eigentlich noch mal hierhergekommen?

Wie schon bei ihrer ersten Begegnung berührte La Vie mit seiner Nase sanft ihr Gesicht und verharrte so.

Paula schloss die Augen, um den Moment besser genießen zu können. Sie fühlte ein schmerzhaftes Ziehen in der Brust, als ob irgendetwas in ihr sich öffnen wollte. Zugleich war da wieder die Angst, die ihr sagte, dass es zu gefährlich war.

La Vie senkte plötzlich seinen Kopf und lehnte ihn gegen ihre Brust, als spüre er genau, was gerade in Paula vorging.

Tränen schossen ihr in die Augen. Tränen des Berührtseins und der Dankbarkeit für diese zarte Geste.

»Ich will mich jetzt nicht verlieben«, beschwor sie sich innerlich. Doch tief drinnen spürte sie, dass es schon geschehen war.

Es war mit Martin vereinbart, dass Valentino in zwei Wochen geholt werden konnte. Ihr großer Bruder sah aus wie ein Kind kurz vor der Weihnachtsbescherung, rannte den ganzen Tag nur mit einem breiten Grinsen durch die Gegend und erzählte jedem von »seinem« Valentino.

Doch wenn sie ehrlich war, musste Paula gestehen, dass es ihr ähnlich ging. Sie konnte sich dieses Gefühl, als sie und La Vie zusammen in der Stallgasse gestanden hatten, einfach nicht mehr aus dem Kopf schlagen. Oder besser aus dem Herzen. Es war eine Art von Verbundenheit gewesen, die irgendwie unbeschreiblich war.

»Du kannst kein Pferd nur aufgrund eines Gefühls kaufen«, schaltete sich sofort die Stimme der Vernunft ein. »Du hast ihn noch nicht mal laufen gesehen, weißt nicht, ob er Gänge hat und wie er springt.«

»Stopp«, meldete sich das Herz. »Darauf kommt es dir gar nicht mehr an. Die ganze Turnier-Erfolgs-Geschichte ist doch vorbei.«

»Valentino hat ein ziemliches Potenzial. Wenn La Vie der Halbbruder ist und auch etwas davon geerbt hat, könnte er ein super Turnierpferd geben«, kam der Verstand zurück.

»Einspruch«, meldete das Herz. »Wenn du das willst, hättest du Bogart nicht abgeben müssen.«

Das innere Hin und Her machte Paula vollkommen kirre, aber gleichzeitig konnte sie es auch nicht abstellen. Ganz im Gegenteil, je näher der Termin rückte, an dem sie Valentino holen wollten, umso schlimmer tobte es in ihr.

Sie wollte sich am liebsten irgendwem anvertrauen, aber wem? Ihr Herzensbruder Johannes war vollkommen von Valentinos baldiger Ankunft eingenommen. Und ihr Vater würde gleich denken, sie wolle ein neues Pferd, und das war nicht der Punkt. Oder doch? Was wollte sie eigentlich wirklich?

Zwei Tage vor dem Transport kam ihr plötzlich ein Gedanke. Sie würde Martin Winkler anrufen. Er würde ihre Verwirrung verstehen und konnte sie ihr vielleicht sogar erklären.

Paula hatte sich von Johannes die Nummer besorgt und klingelte zur Kaffee-Zeit durch. Wie sie sich gedacht hatte, ging Martin gleich ran.

»Hier ist Paula.«

Für einen kurzen Moment war es still in der Leitung. Dann meinte Martin: »Habe ich mir gedacht, dass ich noch mal von dir höre. Es geht um La Vie, nicht?«

Sofort schossen ihr Tränen in die Augen, und Paula nickte, ohne dass ihr bewusst war, dass Martin sie ja am Telefon gar nicht sehen konnte.

»Was meintest du damit, als du gesagt hast, dass ich einfach Ja sagen soll zum Leben?«, brach es aus ihr heraus.

»Genau das«, gab Martin zurück.

»Meintest du damit, dass ich zu La Vie Ja sagen soll?« Endlich war die Frage ausgesprochen, die Paula quälte, seit sie diese Worte aus Martins Mund gehört hatte.

»Willst du das denn?«, antwortete Martin sanft.

»Ich weiß nicht, was ich will. Ich weiß es einfach nicht«, nuschelte Paula in den Hörer. »Ein Teil von mir würde am liebsten alles vergessen, was mit Pferden zu tun hat.«

»Das ist unmöglich«, meinte Martin ruhig. »Und das weißt du auch.«

Ohne darauf zu antworten, fuhr Paula fort: »Ein anderer Teil von mir sagt, dass es zu unsicher ist und dass mir das wieder passieren wird und dass man niemals hundert Prozent vertrauen kann.«

»Niemand kann vorhersehen, was alles einmal passieren kann. Wenn du mich aber fragst, ob meine Pferde hundert Prozent vertrauenswürdig sind, dann kann ich dazu aus ganzem Herzen Ja sagen«, entgegnete Martin.

Paula sann seinen Worten nach. Dann flüsterte sie: »Und ein anderer Teil von mir hätte am liebsten, dass La Vie mein Pferd wird.«

Jetzt, wo die Worte im Raum standen, klangen sie gar nicht mehr so beängstigend. »Habe ich das jetzt gerade wirklich gesagt?«, setzte sie schnell hinzu. »Dass ich am liebsten hätte, dass La Vie mein Pferd wird?«

»Ich habe es jedenfalls gehört«, gab Martin zurück, und Paula meinte, ein Schmunzeln in seiner Stimme zu hören.

»Dann passt das ja«, fuhr er fort. »Als ihr hier wart, habe ich zu deinem Vater gesagt: *Das Beste, was ihr für Paula jetzt tun könnt, ist, ihr wieder ein Pferd zu geben. Das richtige Pferd.* Und dein Vater hat mir zugestimmt.«

Paula hatte das Gefühl, dass ihr Gehirn für einen Moment aussetzte.

Doch Martin fuhr fort: »Hier liegt ein fertig unterschriebener Kaufvertrag für La Vie. Unterschrieben von deiner Mutter. Wenn du das willst, setzte ich meine Unterschrift auch darunter. Dann gehört La Vie dir.«

Paula brauchte einen Moment, um den Sinn der Worte zu erfassen.

»La Vie könnte ... also soll .... also wird...«, stotterte sie. Das alles war einfach zu viel für sie.

»Warum hat mir das denn keiner gesagt?«, brach es schließlich aus ihr heraus.

»Weil du es bist, die eine Entscheidung treffen muss, Paula«, erwiderte Martin. »Hier geht es nicht nur um ein Pferd. Hier geht es um dich.«

»Und wenn ich nicht angerufen hätte?«, flüsterte sie.

»Dann hätte ich den Vertrag übermorgen zerrissen und Valentino wäre allein zu euch gekommen«, gab Martin zurück.

Paula spürte eine große innere Leere. Die widerstreitenden Stimmen in ihr waren zur Ruhe gekommen, doch irgendwie war da ... nichts. Keine Regung, kein Gedanke, einfach ... nichts.

»Lass dich auf ihn ein. Er wird dir den Weg zeigen«, sagte Martin mit sanfter Stimme.

Plötzlich stieg aus den Tiefen der inneren Leere ein Gefühl auf. Zuerst ganz sacht und leise, dann immer stärker. Es war das Gefühl von Verbundenheit, das sie gespürt hatte, als sie mit La Vie zusammen in der Stallgasse gestanden hatte, Herz an Herz.

Plötzlich wusste sie, was sie brauchte und was sie wollte, auch wenn sie keine Ahnung hatte, wohin das alles führen würde. Genau DAS.

»Du kannst den Vertrag unterschreiben, Martin«, hörte sie sich mit ruhiger Stimme sagen. »La Vie ist mein Pferd.«

# 10.

La Vie war ein sehr waches und interessiertes Pferd. Er hatte nicht die ungestüme Neugier von Valentino, sondern ging irgendwie überlegt an die Dinge heran. Das hatte sich schon gezeigt, als Paula ihn mit einem Kribbeln im Bauch auf dem elterlichen Hof rückwärts aus dem Hänger führte. Er blickte sich ruhig um, als wolle er sein neues Zuhause erst mal ganz in sich aufnehmen. Dann berührte er sanft Paulas Schulter, als wolle er sagen: Ich habe alles gesehen. Was machen wir als Nächstes? Wieder hatte sie das starke Gefühl einer eigentümlich tiefen Verbindung zwischen ihnen, die keiner Worte bedurfte. Doch irgendwie machte ihr das Gefühl auch Angst. Worauf hatte sie sich eingelassen? Sie hatte keine Ahnung, was für ein Pferd La Vie überhaupt war. Außer den beiden kurzen Begegnungen bei Martin Winkler hatte sie nichts von ihm gesehen. Sie hatte Martin einfach blind vertraut. Nein, nicht Martin. Sondern dieser kleinen inneren Stimme, die ihr sagte, dass La Vie das Pferd war, was genau auf sie gewartet hatte. Doch wo führte das alles hin? Schnell schob sie die Gedanken beiseite. La Vie war bei ihr und das war erst mal alles, was zählte.

Paula und Johannes saßen auf der großen Sommerweide und sahen Valentino und La Vie beim Grasen zu. Ein paar Stunden nach ihrer Ankunft war es bereits so, als wären die beiden jungen Wallache nie woanders gewesen. Sie hatten einander, eine schöne große Wiese und schienen mit ihrer neuen Umgebung mehr als zufrieden.

Paula fühlte sich plötzlich so leicht wie seit Monaten nicht mehr, als hätten all die dunklen Gefühle in ihr nie wirklich existiert. La Vie war so süß und menschenbezogen, dass ihr Herz sich allein bei seinem Anblick weit öffnete.

»Hast du schon irgendwelche Pläne gemacht?«, unterbrach Johannes ihre Gedanken.

»Du meinst in Bezug auf La Vie?«, gab Paula zurück. Sie musste plötzlich lachen. »Zum ersten Mal in meinem Leben habe ich keinen Plan, und es ist gar nicht so schlimm, wie ich immer gedacht habe. Und du?«

»Na ja, die beiden Buben sind ja von Martin grade mal angeritten, und ich denke, ich setze mich bald auf Valentino und sehe, was der Stand ist. Aber ich will vor allem ganz viel Bodenarbeit mit ihm machen, damit wir wirklich ein Team werden«, meinte Johannes.

Paula nickte. »Ich denke, ich werde La Vie erst mal an der Longe arbeiten, und je nachdem, wie er reagiert, ihn dann auch reiten.«

Johannes blickte sie an. »Und wie geht es dir damit? Ich meine wieder zu reiten?«

Paula zuckte mit den Schultern. »Gut. Ich habe bei ihm einfach ein total gutes Gefühl.«

Johannes knuffte seine kleine Schwester. »Beste Entscheidung ever, La Vie zu nehmen. Langsam wirst du wieder die Alte ...«

Paula entschloss sich, gleich am nächsten Tag mit dem Longieren zu beginnen. Ein bisschen aufgeregt war sie schon, aber es war eine angenehme Aufregung, mehr wie ein erwartungsvolles Kribbeln. Als wäre sie im Begriff, ein Überraschungspaket zu öffnen, bei dem sie fest überzeugt war, darin nur Gutes zu finden. Und wirklich stellte sich heraus, dass Martin den Wallach gut vorbereitet hatte. Beim Auftrensen stand er still wie eine Statue, senkte sogar den Kopf ab, als Paula ihm das Gebiss ins Maul schob und die Trense über die Ohren zog. Auch den Sattel ließ er sich ohne das geringste Zeichen von Widerstand auflegen und festgurten.

Er hatte ungefähr Bogarts Statur, sodass sie erst mal die Ausrüstung ihres alten Wallachs für La Vie verwenden konnte. Doch da fingen schon die Fragen an: Was für einen Sattel sollte sie für ihn kaufen? Einen Dressur- oder Springsattel? Oder einen Vielseitigkeitssattel? Wo würde und sollte ihr gemeinsamer Weg überhaupt hingehen?

Die große Offenheit, die sie in Bezug auf ihre Zukunft mit La Vie gestern noch gespürt hatte, wich langsam Paulas Bedürfnis, Ziele für sie beide zu definieren.

Mit hochgeschlagenen Bügeln führte sie den Wallach auf den Reitplatz. Sie hatte ihm einfach ein Halfter über die Trense gezogen und hakte die Longe mittig unter dem Kinn ein. Zunächst ließ sie La Vie im Schritt hinaus auf die Kreisbahn gehen. Das war ihm offenbar vertraut, denn er ging ruhig um Paula herum in einem schönen großen Zirkel.

Ob er wohl schon den Handwechsel kannte? Mit einem Impuls an der Longe forderte Paula La Vie auf, nach innen zu kommen, und schickte ihn sogleich an sich vorbei in die andere

Richtung wieder auf die Kreisbahn. Perfekt. Das hatte er offenbar schon gelernt.

Paula konnte spüren, wie sie in ihrem Kopf den ersten Punkt eines virtuellen Ausbildungsplans abhakte. Sie atmete aus. Es gab ihr Sicherheit, sich in ihren alten Rastern und Routinen zu bewegen.

Jetzt mal die Übergänge austesten. Sie wollte La Vie nur mit Stimmhilfe antraben lassen, doch er schien zur Unterstützung eine etwas deutlichere Aufforderung mit der Longierpeitsche zu brauchen. Der Plan in ihrem Kopf bekam hier einen kleinen Kreis, ihr Zeichen für: noch übungsbedürftig. Das Durchparieren in den Schritt klappte dagegen schon beim ersten »Brrrrr«.

Paula ließ La Vie in beiden Richtungen immer wieder mit Stimme antraben und in den Schritt durchparieren. Dann gab sie das Stimmkommando zum Galopp. Auch hier brauchte es fast einen ganzen Zirkel, bis La Vie angaloppierte. Lag es daran, dass er noch nicht ausbalanciert war und ihm deshalb das Galoppieren auf der engen Kreisbahn schwerfiel? Oder war er am Ende ein triebiges Pferd, das schwerfällig auf treibende Hilfen reagierte? Paula ertappte sich bei dem Gedanken, dass Triebigkeit in der Dressur nicht schön wäre, es kostete Schwung und wirkte nicht elegant. Sie machte einen mentalen Vermerk zu überprüfen, ob er sich auch auf der Weide so faul zeigte oder nur unter dem Sattel.

»Hey, vergiss nicht, auch mal zu lächeln«, hörte sie plötzlich Johannes' Stimme.

Er war mit seinem Valentino an ihrem ersten gemeinsamen Tag einfach nur ein bisschen spazieren gegangen und hatte ihn dann zurück auf die Weide gestellt.

Paula zeigte ihrem Bruder ein gespieltes Lächeln.

»Ich meine das im Ernst, kleine Schwester«, erwiderte Johannes. »Du siehst aus, als würdest du dir einen Wolf arbeiten. Mach easy. Ist doch euer erster Tag.«

Paula seufzte. »Du hast recht. Aber ich weiß noch so gar nichts über La Vie und habe das Gefühl, dass ich ihn so schnell wie möglich kennenlernen will.«

Johannes zuckte mit den Schultern. »Die Frage ist halt, was du auf diese Weise von ihm kennenlernst, wenn du einfach nur Sachen abfragst ... Aber musst du wissen.«

»Hilfst du mir, einen Sprung aufzubauen?«, wechselte Paula das Thema. »Ich will mal sehen, wie er sich da zeigt.«

Sie klopfte La Vies Hals und nahm ihm Halfter und Trense ab. »Den Sattel lass ich drauf. Dann sehen wir gleich, ob er das Freispringen unter dem Sattel gewöhnt ist.«

Johannes baute auf der Mitte der langen Seite einen einfachen Steilsprung auf und stellte ihn mit Stangen seitlich ab, sodass eine Art Gasse vor und nach dem Sprung entstand.

Paula ließ La Vie mit Stimmkommando und Longierpeitsche ganze Bahn angaloppieren und schickte ihn auf den Sprung zu.

Gegen ihre Erwartung war La Vie sehr aufmerksam, zog genau zum richtigen Zeitpunkt an und hob die Vorhand über dem Sprung schön hoch.

»Für seine vier Jahre gar nicht mal so schlecht«, murmelte sie beeindruckt.

Sie ließ ihn noch ein paarmal über den Sprung gehen und lobte ihn ausgiebig. Irgendwie machte es sie stolz, dass er sich so gut machte. Ihre Entscheidung für ihn war richtig gewesen. Er hatte echt Potenzial.

»Jojo, reich mir mal bitte meine Kappe. Ich setze mich noch 'ne Runde drauf«, rief sie ihrem Bruder zu.

»Meinst du nicht, dass es für heute reicht?«, entgegnete Johannes, als er ihr die Reitkappe brachte.

Paula schüttelte den Kopf. »Der hat noch Luft nach oben. Viel Luft.«

Sie führte La Vie parallel zur Aufstiegshilfe, wo er ruhig stehen blieb. Auch als sie sich in den Sattel schwang, blieb er brav am Platz.

Paula nickte zufrieden, das Aufsteigen bekam in ihrem Trainingsplan auf jeden Fall ein Häkchen!

Sie ließ La Vie am langen Zügel ganze Bahn gehen. Es fühlte sich gut an, auf ihm zu sitzen. Paula nahm die Zügel auf und ließ ihn antraben. Seine Gänge waren natürlich bei Weitem noch nicht so entwickelt und gymnastiziert wie bei Bogart, aber sie hatten Potenzial, das konnte sie spüren.

Nach ein paar Runden leichtem Trab führte sie La Vie in die Mitte und stieg ab.

»Da kann man was draus machen«, murmelte sie zufrieden.

Sie kramte aus ihrer Tasche ein Leckerchen und gab es ihm. »Durchaus ausbaufähig, der Kleine.«

# 11.

Paula arbeitete La Vie täglich nach einer strengen Routine aus Longieren, Reiten und Freispringen. Der Wallach machte klaglos alles mit, fast als wolle er Paula beweisen, dass er unbedingt verlässlich war, egal, was sie von ihm forderte.

Nur auf der Weide zeigte er noch eine andere Seite, die sehr verspielt und manchmal auch etwas keck war.

»Hey, du glaubst wohl, du kannst dir mit deiner süßen Ader alles erlauben, hmmm?«, ermahnte Paula ihn in gespielter Strenge, als er mal wieder Valentino das Halfter ausgezogen hatte und Johannes es auf der ganzen Weide suchen musste.

»Ausgerechnet in die einzige Matschkuhle auf der ganzen Weide hat er es gepfeffert«, schimpfte ihr Bruder, als er mit Valentinos dreckverkrustetem Halfter in der Hand wieder bei Paula ankam.

La Vie schaute Johannes mit scheinbar treudoofer Miene an.

»Der ist vom Kopf her einfach nicht ausgelastet«, polterte Johannes weiter vor sich hin. »Anstatt so ein Mammut-Trainingsprogramm durchzuziehen, solltest du lieber mal ein bisschen Boden- oder Freiarbeit mit ihm machen.«

Paula machte eine wegwerfende Handbewegung. »Brauchen wir nicht. Er läuft super. Beim Longieren hat der Handwechsel sogar schon einmal im Galopp geklappt. Auch die Übergänge, geleitet von meiner Stimme, klappen immer besser. Und im Freispringen macht er sich auch total gut.«

»Was hältst du davon, wenn wir mit den beiden Buben einfach eine gechillte Runde durchs Gelände drehen?«, entgegnete Johannes. »Tut La Vie zur Abwechslung bestimmt auch mal gut.«

Paula konnte bei dem Wort Gelände einen kleinen Stich spüren. In der Begrenzung des Reitplatzes fühlte sie sich auf ihrem Pferd sehr sicher. Aber sie hatte keine Ahnung, wie er draußen reagieren würde, wo alle möglichen unvorhergesehenen Dinge passieren konnten. Dort hatte sie viel weniger Kontrolle als auf dem Platz.

»Ja, können wir irgendwann mal machen«, meinte sie betont beiläufig. »Ich will erst mit ihm zum Reitverein. Da gibt es eine neue Trainerin, Nadine Bühmann, die ist früher sehr erfolgreich Vielseitigkeit geritten. Ich will, dass die sich ihn mal anguckt und mir eine Einschätzung gibt.«

»Eine Einschätzung wovon?«, fragte Johannes zurück. Etwas in seiner Stimme klang alarmiert. Oder bildete Paula sich das nur ein? Egal. Ihr Pferd war ihre Sache. Sie drehte sich einfach um und führte ihren Wallach von der Weide.

Paula traute sich nicht, La Vie entlang der Autostraße zur Halle des Reitvereins zu reiten. Es war zwar nur eine Viertelstunde entfernt, aber schließlich hatte sie keine Ahnung, wie er auf Traktoren und Laster reagieren würde, die ihnen entgegenkommen konnten. Also führte sie ihn an der Trense dorthin. Hoffentlich sah sie keiner, den sie kannte – ein Pferd durch die Gegend zu führen, wenn man auch draufsitzen konnte ...

Johannes' Frage ging ihr nicht aus dem Sinn. Es stimmte, dass sie Nadine Bühmann am Telefon gebeten hatte, sich La Vie mal anzuschauen und sein Potenzial einzuschätzen. Immer noch wusste sie nicht, in welche Richtung sie mit ihm gehen sollte, gehen konnte. Sie hatte das starke Bedürfnis, irgendetwas mit La Vie zu »machen«. Doch was? War es Zufall, dass Nadine aus der Vielseitigkeit kam? Hatte sie sich deshalb diese Trainerin ausgesucht?

Ein anderer Gedanke drängte sich ihr auf. Sie hatte Martin versprochen, ihm regelmäßig von ihrer Arbeit mit La Vie zu berichten. Aber Paula nahm wahr, wie sie das Tag für Tag vor sich herschob. Warum nur? Sie machten doch exzellente Fortschritte. Doch wenn sie sich vorstellte, Martin darüber zu schreiben, stellte sich irgendwie ein blödes Gefühl in ihrem Magen ein.

»Er ist jetzt mein Pferd. Und ich kann mit ihm machen, was ich will«, sagte sie sich zum wiederholten Male. Warum konnte sie nur das doofe Gefühl nicht abschütteln, in Martins Augen irgendwie neben der Spur zu sein?

# 12.

Die Schnupperstunde bei Nadine Bühmann lief hervorragend. Die Halle machte La Vie überhaupt nichts aus, ganz im Gegenteil zeigte er sich von seiner besten Seite. Er lief locker unter dem Sattel, mit entspannt nach vorne-unten gestrecktem Kopf und schwingendem Rücken.

Nadine ließ Paula viele Übergänge zwischen Schritt, Trab und Galopp reiten, bei denen La Vie sofort reagieren sollte. Tat er das nicht, kamen nach der Hilfe aus dem Kreuz zur Verstärkung zuerst der Schenkel dazu und dann die Gerte. La Vie lernte schnell und wurde deutlich aktiver. Von Triebigkeit keine Spur mehr.

Dann stand das Freispringen auf dem Plan. An der langen Seite wurden eine Stange, ein Steilsprung und ein Oxer aufgebaut. Paula nahm ihm den Sattel ab und löste die Zügel von der Trense. Dann ließ sie ihn angaloppieren und schickte ihn in die Gasse mit den Sprüngen. La Vie schien ein untrügliches Gefühl für Distanzen zu haben und setzte bereitwillig immer wieder sauber über die drei Sprünge.

Nadine Bühmann war deutlich positiv überrascht. Auch der hinzugekommene Vorstand des Reitvereins zeigte sich beeindruckt:»Super Pferd hast du da. Den solltest du für das Freispringchampionat in drei Wochen hier bei uns im Verein melden.«

Paula blickte schnell zu Nadine, die zustimmend nickte. »Sieht aus, als würde ein super Vielseitigkeitspferd in ihm stecken. Den könntest du locker im Herbst beim Bundeschampionat vorstellen. Hattest du ihn schon im Gelände?« Paula schüttelte den Kopf. Die positive Rückmeldung auf ihren La Vie erfüllte sie mit Stolz. »Mein Vater macht ihm noch Eisen drauf und dann gehen wir raus«, gab sie selbstbewusster zurück, als sie sich in Bezug auf das Gelände fühlte.

Nachdem alle die Halle verlassen hatten, ging Paula zur Aufstiegshilfe, um den Sattel zu holen. Sie bemerkte, dass La Vie ihr hinterherlief wie ein kleiner Hund.

Sie ließ den Sattel liegen und schlug spontan eine andere Richtung ein. Wie erwartet folgte La Vie ihr wieder ohne Zögern. Gegen ihren Willen musste sie plötzlich lächeln. Dieses kleine Spiel fing an, ihr Spaß zu machen. Paula schlug einen Haken und rannte einfach los. La Vie galoppierte ebenfalls an und kam ihr hinterher.

Was würden die anderen Mitglieder des Reitvereins wohl von ihr denken, wenn einer sah, dass sie hier mit ihrem Pferd Fangen spielte?

Paula ging zurück zur Aufstiegshilfe, dicht gefolgt von La Vie, um ihn endlich zu satteln. Plötzlich kam ihr eine andere Idee. Was, wenn sie sich auf seinen Rücken setzte, ganz ohne Sattel und ohne Zügel? Sich einfach nur von ihm tragen ließ? Sollte sie es wagen?

Bevor sie weiter darüber nachdenken konnte, war sie schon auf die Aufstiegshilfe geklettert, und La Vie stellte sich brav daneben. Sie schwang das Bein über seinen Rücken und saß drauf.

76

Und jetzt? Konnte sie ihn auch ohne Zügel dirigieren?

Paula spannte ihr Becken etwas an und schon setzte La Vie sich im Schritt in Gang. Ihre Hände ruhten entspannt auf den Oberschenkeln, denn sie konnte mit ihnen jetzt eh nichts anfangen, wo keine Zügel da waren.

Es fühlte sich gut an. Entspannt und gut.

Konnte sie La Vie auch ohne Zügel dazu bringen, nach rechts zu wenden? Paula verlagerte ihren Schwerpunkt etwas, indem sie den rechten Gesäßknochen mehr belastete. Schon bog La Vie in Richtung der belasteten Seite ab.

Wie cool, dachte sie. Ohne Sattel und Zügel war die Kommunikation zwischen ihnen ja viel feiner als mit. Konnte sie ihn auch ohne alles anhalten? Sie kippte ihr Becken einen Hauch nach hinten und sagte dazu leise:»Brrrrr«, die Stimmhilfe, die La Vie von der Longenarbeit kannte. Auf der Stelle blieb der Wallach stehen.

Paula fühlte sich von einer eigenartigen Faszination ergriffen. Wenn ihnen das hier so einfach gelang, was war dann noch alles möglich?

Plötzlich hörte sie eine Stimme von der Eingangstür zur Halle:»Tür frei, bitte.« Ein Reiter wollte die Halle betreten und vergewisserte sich durch den traditionellen Ruf vor dem Öffnen der Tür, dass der Eintritt frei war.

Schnell rutschte sie von La Vies Rücken und antwortete:»Ist frei.« Was zum Teufel war in sie gefahren? Sie war ja schon genau so bekloppt wie Johannes!


Beim Abendessen berichtete Paula von ihren Erfolgen in der Trainingsstunde und den Plänen in Bezug auf das Freispringen.

»Nadine meinte sogar, er hätte Chancen, sich für das Bundeschampionat der Nachwuchspferde in Warendorf zu qualifizieren!« Was sie am Ende der Reitstunde mit La Vie ausprobiert und erfahren hatte, behielt sie für sich.

Johannes verzog das Gesicht. »Finde ich echt zu früh. Du hast ihn gerade mal vier Wochen und schon soll er auf ein Turnier.«

»Das Freispringchampionat ist doch erst in drei Wochen und außerdem ist La Vie auch schon vier«, gab sie zurück.

»Meinst du nicht, dass du es etwas langsamer angehen solltest?«, stimmte die Mutter Johannes zu. »Was sagt Martin denn dazu?«

Paula konnte spüren, wie ihr die Tränen in die Augen schossen. Das war mal wieder typisch, dass Johannes und ihre Mutter ein Herz und eine Seele waren und sich gegen sie verbündeten.

»Jetzt lasst Paula doch einfach mal machen«, schaltete sich ihr Vater resolut ein. »Ich finde es super, dass sie wieder bei der Sache ist und mit dem Wallach einen neuen Anfang hat. Das Freispringchampionat ist für ihn bestimmt eine gute Erfahrung.«

Sie warf ihrem Vater einen dankbaren Blick zu und stand auf. »Ich gehe hoch.«

Auf die fragenden Blicke ihrer Familie fügte sie schnell hinzu: »Ich muss Martin noch schreiben.«

Angekommen auf ihrem Zimmer, wollte sie sich eigentlich aufs Bett schmeißen und in ihrem Handy irgendwelche YouTube-Videos gucken, um sich von den blöden Gefühlen abzulenken, die das Abendessen in ihr ausgelöst hatte.

Sie hatte den Brief an Martin als Ausrede benutzt, um vom

Tisch aufzustehen. Doch warum schrieb sie ihm nicht einfach? Warum sagte sie ihm nicht, was sie die letzten Wochen mit La Vie erarbeitet hatte und was sie vorhatte? Nur weil sie nicht wie Johannes stundenlang mit ihrem Pferd spazieren ging oder am Boden irgendwelche blöden Übungen machte, war es doch nicht falsch oder schlecht, was sie mit La Vie machte? Paula setzte sich kurz entschlossen an ihr Laptop und fing an zu schreiben.

*Hallo Martin,*

*La Vie ist jetzt 4 Wochen bei mir, und ich wollte Dir wie versprochen berichten, was wir so treiben. Zuerst habe ich ihn viel longiert, Übergänge, Wendungen und die Stimmhilfen trainiert. Das geht jetzt alles prima, auch im Galopp.*

*Mit der Dressur kommen wir auch gut voran, er läuft immer besser, lässt sich im Rücken schon schön los und sucht die Anlehnung an die Hand. Anfangs war er etwas faul, aber wenn man ihn mit einer Extraportion motiviert, kommt er schön aus sich raus.*

*Im Freispringen ist er total gut dabei, und ich überlege, ihn zum Championat in drei Wochen bei uns im Reitverein zu melden.*

*Meine neue Trainerin Nadine Bühmann (ich weiß nicht, ob du sie kennst), meinte heute, dass in ihm ein super Vielseitigkeitspferd steckt. Wir haben sogar ein Auge auf das Bundeschampionat der Nachwuchspferde geworfen.*

*Sobald sein neuer Sattel da ist, will ich anfangen, ihn auch unter dem Reiter zu springen. Im Gelände haben wir noch nicht trainiert, aber am Wochenende wird er beschlagen und dann geht das auch los.*

*Er ist in allem einfach ein Schatz! Ich kann mir schon gar nicht mehr vorstellen, wie das Leben ohne ihn war.*

Paula hielt inne und las sich den Brief durch. Sie zögerte. Sollte sie das von heute auch dazuschreiben? Aber was war denn schon groß geschehen? *Er ist mir in der Halle nachgelaufen und ich habe ihn dann ohne Sattel und Zügel geritten.* Na toll. Das hatte sie als kleines Mädchen mit Kaya auch gemacht.

Plötzlich wurde Paula von einem wehmütigen Gefühl ergriffen. Damals war alles so einfach gewesen. Da war das Pony, da war sie und irgendwie waren sie einfach zusammen gewesen. Wie unsichtbar verbunden von Herz zu Herz. War das nicht genau dasselbe Gefühl, was sie bei ihrer ersten Begegnung mit La Vie gehabt hatte? Diese einfache und doch ungeheuer tiefe Verbundenheit? Aber was sollte sie denn damit machen? Sie konnte sich doch nicht einfach mit ihm in den Sonnenschein setzen und Gänseblümchen betrachten. Er war ein junges Pferd. Musste ausgebildet werden, gearbeitet werden.

Sie seufzte. Warum musste im Leben nur immer alles so schrecklich kompliziert sein?

Kurz entschlossen setzte sie *Viele liebe Grüße, Deine Paula* unter den Brief an Martin und druckte ihn aus. Ihre Mutter konnte ihn gleich morgen mit zur Post nehmen.

Paula griff spontan zum Handy und tippte eine Nachricht an Anne:

*Back on track! Habe ein superbegabtes junges Vielseitigkeitspferd unterm Sattel! Bundeschampionat, wir kommen!!!* ☺☺☺

# 13.

»Ich bin total beeindruckt von seiner Lässigkeit«, meinte Frank Lippold. »Für so ein junges Pferd ist das phänomenal.« Er hatte La Vie gerade seine ersten Eisen angepasst und wieder hatte der Wallach sich außerordentlich nervenstark gezeigt. »Selbst als ich mit der Flex seine Hufe bearbeitet habe, hat er nicht mal gezuckt!«

»Na ja, der Qualm beim Aufbrennen hat ihn schon etwas irritiert«, spielte Paula die Tapferkeit ihres La Vie runter. Aber insgeheim war sie mächtig stolz auf ihn.

»Meinetwegen können wir morgen ins Gelände«, meinte sie leichthin zu Johannes, der gerade alle Hände voll zu tun hatte, seinen temperamentvollen Valentino beim Beschlagen ruhig zu halten. »Ich mache mit La Vie jetzt noch ein bisschen Pfützentraining, dann sind wir bereit.«

Es stellte sich schnell heraus, dass Pfützen genau so wenig wie das Beschlagen irgendein Problem für La Vie waren. Wie immer musste der Wallach sich das Neue zuerst nur ganz genau angucken können, dann zeigte er sich völlig cool und unerschrocken.

Nachdem er die Wasseroberfläche der großen Pfütze auf der Weide ausgiebig beschnuppert hatte, ging er ohne Zögern hinein. Er war so begeistert vom Wasser, dass er sogar anfing, mit seinen Hufen darin zu planschen, und Paula ihn nur mit Mühe abhalten konnte, sich ganz ins Wasser zu legen.

»Hey, du bist doch kein See-Pferdchen«, lachte sie in gespielter Entrüstung. Doch ihr Herz schlug ein paar Takte schneller. Wenn er so gar keine Scheu vor Wasser hatte, hieß es, dass er auch Geländesprünge in der Vielseitigkeit, wie die Wassereinsprünge, problemlos meistern konnte.

Klar war sie aufgeregt bei dem Gedanken an ihren ersten Geländeritt mit La Vie. Aber sie hatte mittlerweile so tolle Erfahrungen mit seiner Leistungsbereitschaft und Verlässlichkeit gemacht, dass ihr Vertrauen in den Wallach überwog. Er war mutig, absolut ehrlich und gehorsam. Wenn sich seine Geschicklichkeit, die er beim Springen zeigte, auch auf die Geländesprünge erstreckte, stand seiner Laufbahn als erfolgreiches Vielseitigkeitspferd nichts entgegen!

Johannes und sie hatten sich für die große Runde entschieden: einmal zum Reschendorfer Wald und durch die Siedlung in Hausmühlen wieder zurück. Paula hatte schon fast vergessen, wie schön es war, auf dem Rücken eines Pferdes entspannt durch Feld und Wald zu reiten.

Mit Valentino an seiner Seite war La Vie total gechillt. Als sie auf dem weichen Waldboden in einen leichten Galopp fielen und Valentino vor ihnen übermütig den Popo hochwarf, ließ La Vie sich davon überhaupt nicht anstecken und blieb in seinem ruhigen Tempo. Selbst zwei Mountainbiker in neongelben Outfits und überdimensionierten Helmen, die Valentino total guckig machten, riefen bei La Vie nur mäßiges Interesse hervor.

Auf der letzten langen Geraden zurück zum Hof, die sie im

Schritt mit langen Zügeln entspannt nebeneinanderher ritten, fiel Paula La Vie plötzlich um den Hals. »Ich habe das beste Pferd der Welt.«

Johannes grinste. »Schon klar. Hast du von Martin gehört?«

»Nee, wieso?« Die wohlige Entspannung, die Paula gerade eben noch gefühlt hatte, wich plötzlich einer inneren Unruhe. Johannes schien die Veränderung nicht zu bemerken und fuhr fort. »Wir telefonieren regelmäßig und er hat sich nach dir und La Vie erkundigt.«

Paula schwieg. Da war es wieder, dieses blöde Gefühl, als würde sie irgendetwas falsch machen. Ja, als würde sie Martin irgendwie enttäuschen.

»Ist was?« Johannes blickte seine kleine Schwester nun aufmerksam an.

»Ich weiß nicht«, murmelte Paula. »Martin mit seinem ganzen Gerede, von wegen die Leute wollen ein Pferd für den Sport, das ihnen den Erfolg sichern soll. Und dass er seine Pferde dafür nicht hergeben will.«

»Willst du wissen, was er gesagt hat?«, gab Johannes zurück.

Sie zuckte mit den Schultern und versuchte, möglichst unbeteiligt auszusehen. »Und was?«

»Er meinte, er hätte deinen Brief gelesen, und wenn du euer echtes gemeinsames Potenzial entwickeln willst, ist das nicht der Weg!«

Paula verzog trotzig ihren Mund. »La Vie ist das perfekte Vielseitigkeitspferd. Vom Kopf und vom Körper her. Das muss ich doch fördern.«

»Sei ehrlich mit dir, Paula. Du willst vielleicht deinen Weg zurück in die Vielseitigkeit fördern. Und wenn du das so entscheidest, dann ist das so. Aber unterstelle nicht La Vie, dass er das tun muss, nur weil er es kann. Der wird auch ohne Vielseitigkeit glücklich, da bin ich mir ziemlich sicher.«

Paula konnte spüren, dass Johannes' Worte sie mitten ins Herz trafen. Sie wusste, dass er recht hatte. Aber trotzdem war es gemein, das so direkt auszusprechen.

Sie machte sich im Sattel gerade. »Ich möchte mit der Stangenarbeit beginnen. Hast du Lust, morgen mit mir zur Halle zu reiten? Mittwochnachmittag ist es da immer schön leer. Da können wir über Trabstangen und kleine Cavalettis longieren. Das ist gut für die Bauchmuskeln.«

Johannes zuckte gleichgültig mit den Schultern. »Meinetwegen.«

# 14.

Es fing damit an, dass La Vie, der immer wie eine Eins an der Aufstiegshilfe gestanden hatte, plötzlich das Zappeln anfing. Paula war zur Stunde mit Nadine in die Halle des Reitvereins gekommen und führte den Wallach neben die Trittstufen. Er stand ganz ruhig da wie sonst auch, doch sobald sie selbst die Stufen der Aufstiegshilfe erklomm, drehte La Vie sein Hinterteil weg, sodass sie nicht auf seinen Rücken konnte.

»Was ist denn mit dir los?«, wunderte Paula sich halblaut und stellte ihn wieder parallel hin, doch sobald sie auf den Stufen stand, drehte er sich wieder weg.

Nachdem sich das Spiel ein paarmal wiederholt hatte, wurde Paula immer unsicherer. Was hatte er nur? So kannte sie ihr Pferd ja gar nicht!

»Der kommt jetzt in die Flegeljahre. Darf ich mal?« Nadine trat an La Vies äußere Flanke und begrenzte ihn, als Paula die Aufstiegshilfe erklomm. So konnte sie konnte problemlos in den Sattel steigen.

Die folgende Reitstunde lief zunächst supergut. La Vie führte die Verstärkungen im Trab zum ersten Mal ganz sauber aus, ohne zwischendurch anzugaloppieren. Auch konnte Paula ihn problemlos längere Strecken aussitzen. So durfte es weitergehen.

Als sie in der nächsten Ecke die Galopphilfe gab, schmiss La

Vie plötzlich den Po zwei Mal hintereinander in die Höhe. Das kam für Paula so überraschend, dass sie verdutzt im Sand lag, bevor sie wusste, wie ihr geschah. Auch La Vie schien erschrocken darüber zu sein, dass er plötzlich ohne Reiterin war, und blieb stehen.

»Irgendwann ist es mit einem jungen Pferd immer das erste Mal, dass es dich absetzt«, meinte Nadine lakonisch und bedeutete ihr, wieder aufzusteigen. Die restliche Stunde lief wieder super, La Vie nahm Paulas Galopphilfen bereitwillig an und überwand auch die vier Galoppstangen, die Nadine zum Schluss noch auf den Boden legte, in hervorragender Manier!

Wenn die Halle nach der Stunde leer war, hatte Paula es sich angewöhnt, ihn immer noch ohne Sattel und Trense trockenzureiten. Sie genoss es, den warmen Pferdekörper zu spüren, und war stolz, dass La Vie immer feiner auf jeden kleinsten Impuls reagierte, den sie ihm spielerisch gab. Es schien ihr manchmal fast, als könne sie ihn allein mit ihren Gedanken lenken. Aber das konnte man natürlich keinem erzählen.

Auch heute war der Wallach so feinfühlig und aufmerksam, als hätte es die Ungehorsamkeiten in der Stunde nicht gegeben.

»Was war vorhin nur mit dir los?«, sinnierte Paula. Sie seufzte. Wahrscheinlich hatte Nadine recht und er kam jetzt einfach in die Flegeljahre. »Er ist ein junges Pferd. Der darf auch mal testen und Flausen im Kopf haben«, versuchte sie sich zu beruhigen. Doch ein mulmiges Gefühl blieb.

Der nächste Knall kam, als sie mit ihrem Vater in den Reitverein ins weiter entfernte Kirdorf fahren wollte. Der neue Springsattel war endlich angepasst und sein Sitz sollte in der dortigen Halle an kleinen Sprüngen ausprobiert werden. Nachdem La Vie bislang immer seelenruhig in den Hänger gegangen war, riss er sich beim Verladen plötzlich am Fuß der Rampe von Paula los und stürmte, gesattelt wie er war, auf und davon. Die überraschte Paula wurde dabei auf das Hofpflaster geworfen, wo sie sich unsanft Knie, Hüfte und Kopf anstieß.

»Alles okay bei dir?« Ihr Vater, der nichtsahnend neben dem Hänger gestanden hatte, machte ebenfalls ein total überrumpeltes Gesicht.

Paula nickte. Tränen schossen ihr in die Augen. »Geh ihn bitte schnell einfangen, bevor was passiert.«

Sie wusste nicht, ob sie sauer auf sich sein sollte, dass sie ihn nicht hatte halten können, ob sie enttäuscht von La Vie war, dass er plötzlich so einen Mist baute, oder ob sie Angst haben sollte, dass er mit dem Sattel irgendwo hängen blieb.

Nach fünf Minuten kam Frank Lippold mit dem seelenruhig dreinblickenden La Vie am Halterführstrick zurück. »So ein Teufelsbraten! Wir machen dem jetzt die Trense drauf, dann kannst du ihn beim Verladen besser halten.«

Doch auch mit Gebiss im Maul riss La Vie sich vor der Rampe von Paula los und wollte wieder davonstürmen. Nach ein paar Metern trat er jedoch in die herabhängenden Trensenzügel, sodass er gezwungen war stehen zu bleiben.

»Das wird ja langsam zum Muster«, meinte ihr Vater ärgerlich, stieg in den Wagen und bugsierte die Öffnung des Pferdeanhängers direkt vor den Stall, sodass La Vie nicht weit käme, wenn er sich noch mal losreißen würde.

Als wolle er sagen: ›Wozu denn nur die ganzen Umstände?‹

ging er diesmal lammfromm in den Hänger, so als hätte er es sein Lebtag nicht anders getan.

In Kirdorf lief er super, sprang zum ersten Mal den fliegenden Galoppwechsel, überwand mit Paula auf dem Rücken sicher und mühelos mehrere Steilsprünge und nahm zum Schluss sogar ein kleines In-out!

Als sie wieder zu Hause waren und La Vie entspannt mit Valentino auf der Weide graste, merkte Paula erst, dass sie die ganzen letzten Stunden irgendwie die Luft angehalten hatte. Den inneren Aufruhr, den La Vies rüpelhaftes Verhalten beim Verladen in ihr ausgelöst hatte, hatte sie genauso verdrängt wie ihr wild pochendes Knie und ihren höllisch schmerzenden Nacken. Hoffentlich hatte sie sich bei der Aktion nicht den Halswirbel rausgehauen ...

Irgendwie fühlte sie sich total verwirrt. Wie konnte La Vie einerseits so perfekt laufen und so tolle Fortschritte machen, egal was sie ihm vorsetzte? Und sich andererseits so respektlos benehmen? Waren es wirklich nur die Flegeljahre, wie Nadine meinte? Aber wenn nicht das, was sonst?

Nachdem Paula sich am nächsten Morgen vor lauter Nackensteifigkeit, Knie- und Hüftschmerzen kaum bewegen konnte, musste eine Planänderung her. Eigentlich hatte sie das gestern begonnene Springtraining mit La Vie fortsetzen wollen, am nächsten Wochenende stand ja schon das Freispringchampionat im Reitverein an. Und die Nennung für einen großen Freispringwettbewerb auf der Hengststation von Stuckenbruch in der darauffolgenden Woche war gestern auch rausgegangen.

Sie biss die Zähne zusammen. Okay, Longieren ging immer,

da konnte sie ihm wenigstens ein paar Trabstangen und kleine Cavalettis hinlegen.

La Vie war kreuzbrav und die Bewegung tat Paula gut.

Als sie ihn nach einer Dreiviertelstunde zurück zur Weide führen wollte, kam ihr spontan der Gedanke, wie es wäre, noch einen kleinen Schritt-Ausritt zu machen. Nur so, ohne Sattel und mit Halfter und Führstrick.

Konnte sie es wagen? Würde La Vie im Gelände genauso feinfühlig auf sie reagieren wie in der Halle? Und konnte sie ihm vor allem im Gelände genauso vertrauen wie drinnen?

Bevor sie zu lange darüber nachdenken konnte, kletterte Paula auf den hölzernen Weidezaun und von da auf La Vies Rücken. Sie fühlte ihr Herz pochen. Das war schon riskant, was sie hier tat. Ohne Sattel und vor allem ohne Trense, nur mit dem Halfterstrick auf einer Seite, hatte sie null Kontrolle über den Wallach.

Als wolle er ihr vermitteln, dass sie sich nicht die geringsten Sorgen machen musste, blieb La Vie seelenruhig am Zaun stehen, bis Paula sich auf seinem blanken Rücken eingerichtet hatte. Auf ihren leichten Schenkeldruck hin setzte er sich schließlich in Bewegung.

Er folgte von sich aus im Schritt dem schmalen Weg entlang der Lippoldschen Weiden. Paula entfuhr ein tiefer Seufzer. Eigentlich war es total schön, so ohne alles im Gelände unterwegs zu sein. Aufregend und vertrauensvoll zugleich. Der Weg führte linker Hand weiter am Waldsaum entlang. Sie kannte diese Reitwege seit ihrer frühesten Kindheit. Gleich würde rechts der Weiher kommen, den der Anglerverein gepachtet hatte, und danach die Wiesen des Ortslandwirts mit seinen Bio-Kühen.

»Ob ich mal ein bisschen traben soll?«, dachte Paula übermütig. Würde sie ihn so ohne alles auch wieder anhalten können? In der Halle klappte es ganz gut, La Vie aus dem Trab einfach nur über Stimme wieder in den Schritt zurückzubringen. Warum sollte es hier draußen nicht funktionieren?

Sie spannte das Becken etwas an und schon wechselte La Vie in einen entspannten Trab. Paulas Herz hüpfte vor Freude über ihre feine Verbindung. Ausgelassen winkte sie den Anglern zu, die still am Weiher saßen und auf einen Fang warteten.

Plötzlich konnte sie fühlen, wie ihr Pferd sich unter ihr anspannte. Eine Herde übermütiger Jungbullen stand auf der Weide des Ortlandwirts. Beim Anblick des Pferdes kamen sie plötzlich alle zusammen zum Zaun gerannt.

Das war zu viel. Kopflos schoss La Vie im Galopp los. Paula krallte sich in seiner Mähne fest und klammerte sich mit den Beinen an seinen Rumpf, der Halfterstrick war ihr vor Schreck aus der Hand gerutscht und schleifte neben dem durchgehenden Pferd auf dem Boden.

Was jetzt? Die gut befahrene Bundesstraße würde den Reitweg in ein paar hundert Metern kreuzen. Sich vom Pferd fallen zu lassen war keine Option, denn links würde sie zwischen den Stämmen landen und rechts im Stacheldraht der Weide. Ihr Gehirn setzte für einen Moment komplett aus.

Instinktmäßig entfuhr ihr das »Brrrrr«, das sie an der Longe immer zum Durchparieren in den Schritt nutzte. La Vie spitzte die Ohren und wurde langsamer. Es funktionierte!

»Brrrrrrrrrrrrrrrrrrr«, fuhr Paula fort und La Vie fiel in einen holprigen Trab, bei einem weiteren »Brrrrrrrrrrrrrrrrrrrr« ging er heftig atmend zum Schritt über. Schließlich hielt er an und Paula rutschte sofort von seinem Rücken.

Ihre Knie zitterten so stark, dass sie kaum stehen konnte. Vor sich konnte sie die Autos auf der Bundesstraße vorbeirauschen hören. Sie fiel dem Wallach um den Hals, während Tränen der Erleichterung aus ihren Augen strömten. »Danke, danke, danke, danke.«

La Vie schnaubte ab, als schien auch er mächtig erleichtert.

Paula führte ihn den ganzen Weg zurück, auch wenn ihre Hüfte und ihr Knie nun wieder schmerzten wie blöd. Aber das war ihr egal. Ihr Herz war angefüllt mit Stolz und Freude.

Das hatte sie noch nirgendwo gehört, dass ein durchgehendes Pferd sich auf »Brrrrr« durchparieren ließ. Das war einfach der Hammer! Wenn das möglich war, was war mit La Vie sonst noch alles drin?

Plötzlich kam ihr in den Sinn, was Jojo von Martin ausgerichtet hatte. Sie hatte die Worte nicht vergessen, auch wenn sie in dem Moment gewünscht hatte, sie nie gehört zu haben: »Wenn du euer echtes gemeinsames Potenzial entwickeln willst, ist das nicht der Weg.«

War das hier gerade der Weg gewesen? Ihr Schritt beschleunigte sich unwillkürlich. Sie musste mit Martin reden. Und zwar sofort.

Nachdem sie La Vie zu Hause auf die Weide gestellt hatte, ging sie schnurstracks in ihr Zimmer und drückte auf die eingespeicherte Nummer in ihrem Handy.

Martin war selbst dran.

»Warum hast du zu Jojo gesagt, dass wir unser echtes Potenzial nicht leben?« schoss Paula ohne Begrüßung los.

Der alte Pferdezüchter schien keinen Deut überrascht. »Was

du da jetzt mit ihm anstellst, ist nicht, was ich in der Stallgasse auf meinem Hof gesehen habe!«, gab er ruhig zurück.

»Und was hast du gesehen?«, meinte Paula. Aus irgendeinem Grund fühlte sie ihr Herz aufgeregt klopfen.

»Eine tiefe, wortlose Verbundenheit zwischen einem Mädchen und einem Pferd. Und ein Mädchen, das total vertraut. Sich selbst und dem Pferd. So etwas ist ein Geschenk des Himmels. Und es ist viel, viel mehr als irgendeine Leistung.«

Paula wusste nicht, was sie darauf antworten sollte. Außer dass etwas tief in ihr wusste, dass es stimmte. Das war der wahre Grund, warum sie La Vie gekauft hatte, ohne dass sie ihn je hätte in Worte fassen können.

»Und jetzt?« brachte sie leise hervor.

»Die Entscheidung kann ich dir nicht abnehmen, Paula«, gab Martin ruhig zurück.

Plötzlich wusste Paula, warum sie Martin angerufen hatte. Eigentlich hatte sie es schon die ganze Zeit gewusst. Die Worte sprachen sich von ganz allein: »Kannst du mir dabei helfen, diesen Weg zu gehen? Ich meine, unser echtes Potenzial rauszubringen? Als mein Trainer?«

Sie meinte, Martin am anderen Ende der Leitung grinsen zu sehen.

»Es wäre mir ein großes Vergnügen«, hörte sie seine Stimme.

Auch auf Paulas Gesicht erschien nun ein breites Lächeln. Ihr Herz fühlte sich plötzlich weit und frei an.

»Gut. La Vie und ich sind bereit.«

# VON HERZ ZU HERZ

## 1.

»Vertrauen und Respekt, Paula. Du musst immer wieder eine feine Balance zwischen diesen beiden Polen herstellen! Am Boden wie im Sattel.«

Paula verzog das Gesicht. Das war eins von Martins Lieblingsmantras: Vertrauen und Respekt. Wie oft hatte sie sich in den letzten Wochen eine Gardinenpredigt von ihm abgeholt, wenn sie aus seiner Sicht mal wieder nicht ihre Position als Leittier ihrer Zweierherde mit La Vie klar einnahm oder wenn sie den Wallach mit irgendwelchen Aufgabenstellungen überforderte. Es war eine echte Challenge, mit Martin zu arbeiten, und Paula kam mehr als einmal an ihre Grenzen. Mit Argusaugen entdeckte er jede Ungenauigkeit in ihrer Kommunikation mit La Vie und korrigierte sie unnachgiebig. Doch La Vie schien es gutzutun. Der Wallach war mental förmlich aufgeblüht, seit sie zwei Mal pro Woche mit Martin arbeitete und natürlich immer eine lange Latte Hausaufgaben bekam.

Johannes verfolgte mit höchster Konzentration Paulas Stunden, und es schien, als sauge er jeden Satz des alten Trainers auf. Es dauerte nicht lange, da bekam auch er von Martin die heiß ersehnten Trainerstunden.

»Martin lässt dir irgendwie viel mehr durchgehen als mir«, meinte Paula, als sie Johannes nach seiner Stunde zurück zum Stall begleitete.

»Sehe ich nicht so. Er arbeitet halt ganz anders mit mir und Tino, weil wir auch anders sind als du und La Vie.«

»Ja, aber du darfst alle möglichen coolen Sachen machen und ich muss immer wieder zurück zu den Basics.«

»Du weißt doch, was Martin sagt: Wenn das Fundament nicht solide ist ...«

»... hat das Haus keinen Bestand. Ich weiß«, seufzte Paula. Das war auch so ein Martin-Spruch, den sie in den vergangenen Wochen immer wieder gehört hatte. »Ich komme mir manchmal fast gehirngewaschen vor.«

Johannes lachte. »Das tut deinem Hochleistungs-Gehirn ganz gut, wenn es mal etwas eingeweicht wird.«

Paula griff in den offenen Putzkasten, der auf der Stallgasse stand, und schmiss einen Plastikstriegel nach ihrem großen Bruder.

Trotz ihrer gespielten Entrüstung spürte sie, dass Johannes recht hatte. Martin ging mit ihr und La Vie wirklich einen ganz eigenen Weg.

Das fing schon mit ihrer ersten Stunde bei ihm an. Sie hatte La Vie auf Hochglanz geputzt und seine schönste Schabracke genommen, dazu das neue Stirnband mit den Strasssteinen. Als sie ihn in seiner ganzen Pracht auf den Reitplatz führte und gleich aufsteigen wollte, winkte Martin erst mal ab.

»Heute wird nicht geritten.«

Paula starrte ihn entgeistert an. »Nicht? Ich dachte, wir trainieren.«

»Wir legen ein Fundament, auf dem sehr viel möglich ist. Unter anderem auch das Reiten«, hatte Martin erwidert.

Er forderte sie auf, La Vie abzusatteln und abzutrensen, welcher sich daraufhin erst mal entfernte und schnuppernd den ganzen Reitplatz erkundete.

»Worin genau besteht deine Beziehung zu deinem Pferd?« Paula hatte mit allem gerechnet, nur nicht mit so einer merkwürdigen Frage. Auf den Gesichtern ihrer Eltern, die an der Reitplatzumrandung standen und ihre erste »Trainingsstunde« mit Martin gespannt verfolgten, konnte sie ebenfalls Verwunderung bis Unverständnis ablesen. Nur Jojos Gesicht strahlte, aber für ihn war Martin sowieso die Pferdeerleuchtung in Person.

Paula hatte mit den Schultern gezuckt. »Ich weiß nicht. Ihn zu reiten, zu füttern, zu putzen, auf die Weide zu bringen?«

Martin blickte erwartungsvoll zum »Publikum« außerhalb der Umzäunung. »Ihr könnt auch mitdenken.«

»Na ja, auch noch die huftechnische und medizinische Versorgung, soweit notwendig«, meinte jetzt Frank Lippold.

Martin nickte. »Noch jemand?«

»Die Kommunikation?«, warf Johannes ein.

Ohne auf die Antworten einzugehen, wandte Martin sich wieder an Paula und setzte noch eine Frage drauf: »Glaubst du, dein Pferd braucht dich?«

Jetzt war Paula vollends verwirrt. Sie blickte hinüber zu La Vie, der gerade an der nassesten Stelle des Reitplatzes in die Knie ging und sich genüsslich ächzend wälzte. Als er aufstand und sich schüttelte, blieb der nasse Sand in seinem Fell kleben. Sie hatte ihn so schön geputzt, und jetzt sah er aus wie ein paniertes Schnitzel. Er gähnte entspannt.

»Paula?«, unterbrach Martin ihre Gedanken.

»Sieht gerade so aus, als wäre er auch ohne mich ganz glücklich«, murmelte sie.

»Sehr gut«, stimmte Martin zu und wandte sich wieder seinem Publikum zu. »Das ist eine wichtige Erkenntnis. Ein Pferd ist ein Pferd. Und wenn es wirklich Pferd sein darf, dann ist es ohne den Menschen sehr zufrieden und glücklich. Das wird dem einen oder anderen nicht gefallen, aber es ist die Wahrheit. Dein Pferd braucht dich nicht.«

Er schien die Fragezeichen auf den Gesichtern der Lippolds fast zu genießen.

»Das ist aber nicht die ganze Wahrheit«, fuhr er fort. »Sonst würde ich kaum hier stehen und versuchen, euch etwas sehr Grundlegendes über die Beziehung von Pferd und Mensch zu vermitteln.«

Er hatte seinen Vortrag meisterhaft aufgebaut, denn alle vier Lippolds hingen nun gebannt an seinen Lippen.

Martin fuhr fort: »Die entscheidende Frage ist: Kann ich einen echten *Zugang* zum Pferd finden? Den Zugang, den das Pferd braucht, um wirklich mit mir kommunizieren zu können? Und es auch zu wollen? Um mir zu vertrauen, mich zu respektieren und eine immer tiefere Verbindung mit mir einzugehen? Und mich in schwierigen oder gefahrvollen Situationen sogar freiwillig aufzusuchen, um sich mir anzuschließen?«

»Und wie finde ich diesen Zugang?«, kam es aus Johannes herausgeschossen. Er schien gespannt wie ein Flitzebogen.

»Ganz einfach«, gab Martin zurück. »Der Zugang bist *du*!«

Paula kapierte gar nichts mehr und selbst in Johannes eifrigem Gesicht zeigte sich jetzt ein Fragezeichen.

»Was das genau heißt, werden wir uns in den nächsten Wochen erarbeiten. Doch so viel sei gesagt: Wenn du diesen Schlüssel besitzt, sind gemeinsam mit deinem Pferd Dinge möglich, die dir heute noch wie ein Wunder vorkommen.«

# 2.

»Also ich finde das total logisch, dass die eigene innere Haltung der entscheidende Faktor in der Pferdearbeit ist«, ergriff Johannes vehement die Position seines Trainers. »Die Pferde nehmen dich halt total fein wahr und spüren genau, wie du drauf bist.«

Seit Martin regelmäßig auf den Hof der Lippolds kam, drehten sich alle Gespräche beim Abendbrottisch nur noch um die Tiefe und Feinheiten der Beziehung zu Pferden. Selbst Frank und Marlene Lippold waren angesteckt vom Martin-Virus und hatten sich mit Bogart und Easy Joe Martins Training angeschlossen.

Frank Lippold zuckte mit den Schultern. »Bisschen ungewöhnlich ist das schon, wie er arbeitet. Aber es funktioniert. Wenn ich sehe, was du mit Valentino in so kurzer Zeit auf die Beine stellst, muss ich sagen: Hut ab.«

Johannes war anzusehen, dass er unter dem Lob seines Vaters ein paar Zentimeter größer wurde, vor allem, als dieser scherzhaft hinzusetzte: »Ihr seid bald schon reif für eure erste Show!«

Paula atmete hörbar aus. Ihr war dieser Friede, Freude, Eierkuchen und die Martin-Anbetung von Johannes echt zu viel.

Als spüre er ihren inneren Widerstand, wandte Johannes sich seiner kleinen Schwester zu. »Alles okay bei dir?«

Paula überlegte einen Moment, ob sie ihre Zweifel laut aussprechen und riskieren sollte, den Familienfrieden zu gefährden. Dann gab sie sich einen Ruck.

»Nee. Nichts ist okay. Für dich ist das einfach, Johannes. Du machst mit Martin das, was du am Ende auch tun willst. Freiarbeit, Zirkuslektionen. Alles ganz toll. Aber was ist mit mir? Ich baue wochenlang an irgendeinem ›Fundament‹, wo ich stundenlang irgendetwas fühlen muss und gar nicht weiß, wo mich das hinführt. Was ist denn das Haus, was ich auf diesem Fundament bauen soll? Das frage ich mich schon manchmal.«

Paula wunderte sich selbst über die Emotionalität in ihrer Stimme. Doch jetzt war endlich raus, was sie seit Wochen untergründig drückte.

»Welches Haus *willst* du denn bauen, Paula? Hast du dich das mal gefragt?«, schaltete sich ihr Vater mit ruhiger Stimme ein.

Paula spürte, wie sich etwas in ihr zusammenkrampfte. Die Frage ihres Vaters traf ins Schwarze. Während Johannes jeden Tag neue Schritte hin auf sein großes Ziel zu machte, mit Valentino irgendwann eine eigene Show auf die Beine zu stellen, war bei ihr in der Zukunft irgendwie ein weißer Fleck. Wo wollte sie mit La Vie eigentlich hin?

»Ich denke, du musst für dich entscheiden, ob du weiter den Turniersport verfolgen willst oder einen anderen Weg gehen willst«, meinte nun ihre Mutter.

»Ich weiß es einfach nicht«, stieß Paula verzweifelt hervor. »Nichts passt mehr zusammen! Solange ich denken kann, ist mein Ziel, für Deutschland in der Vielseitigkeit auf dem olympischen Podest zu stehen. Ich dachte, mit dem Unfall wäre alles zu Ende. Dann kommt La Vie, der mit der entsprechenden Ausbildung eigentlich das Zeug zum erstklassigen Vielseitigkeitspferd hätte, aber mir irgendwie zeigt, dass er etwas ganz anderes will. Aber ich habe keine Ahnung, was. Und dann Martin, der immer meint, wie special unsere Verbindung wäre, aber auch nicht sagt, wo das hinwill. Ich weiß nur: Ich bin nicht Johannes. Ein paar Sachen, die er mit Valentino macht, sind echt cool, aber mit dem Pferd nur am Boden zu arbeiten, das ist nicht meine Welt! Ich will reiten, mein Pferd in verschiedene Richtungen ausbilden, Leistung zeigen.«

»Aber die Vielseitigkeit ist es doch auch nicht mehr so ganz, oder?«, meinte Johannes.

»Ich bin einfach nirgendwo mehr zu Hause«, rutschte Paula raus. Sie konnte die Tränen nicht mehr zurückhalten.

Ihr Vater stand auf und nahm sie in den Arm. »Hey, Kleines. Jetzt mach dir doch nicht so einen Stress. Lass die Dinge doch mal kommen. Du und La Vie, ihr seid auf einem richtig guten Weg.«

»Aber ich weiß nicht, wohin«, schluchzte Paula.

»Das musst du jetzt noch gar nicht wissen«, versuchte Frank Lippold, seine Tochter zu beruhigen. »Ich glaube, mit euch beiden wird etwas ganz Neues geboren. Martin meint das auch. Aber das braucht einfach Zeit, bis es sichtbar wird.«

Paula blickte ihren Vater aus verheulten Augen an. »Meinst du das im Ernst?«

Er nickte. »Das meine ich wirklich ganz ernst.«

»Und ich meine das auch«, schaltete sich Johannes ein. »Ich kann meinen Finger noch nicht drauflegen, was es ist. Aber du und La Vie, ihr seid einfach irgendwie füreinander bestimmt. Das kann man fühlen. Und da kann nur was ganz Großes und Schönes rauskommen.«

Paula war einen Moment überwältigt davon, was ihr Vater und Johannes in ihr und La Vie sahen.

Sie traf die Augen ihrer Mutter und diese nickte ihr aufmunternd zu. »Meinst du, ich hätte all mein geerbtes Geld geopfert, um dir dieses Pferd zu kaufen, wenn ich nicht an euch glauben würde?«

Paula trocknete sich mit dem Ärmel die Tränen und zog die Nase hoch.

»Okay. Wir machen weiter. Ich werde schon noch rausfinden, was das für ein Haus ist, was wir da bauen.«

# 3.

*Und? Was macht dein »Wunderpferd«? Wo sieht man euch denn mal?* Die Textnachricht kam, als Paula gerade für ihre tägliche Übungseinheit mit La Vie rüber zum Stall gehen wollte. Klar war Anne neugierig. Paula ärgerte sich, dass sie ihr die großspurige Nachricht geschickt hatte, dass sie *ein superbegabtes junges Vielseitigkeitspferd unterm Sattel* hätte und von wegen *Bundeschampionat, wir kommen.* Jedes Mal, wenn sie mit Anne in Kontakt war, fühlte sie sich irgendwie im Zugzwang.

*Alles super*, textete sie zurück. *Sind in einem verschärften Training bei Martin Winkler.*

*Martin wer??? Ich dachte, du bist bei Nadine Bühmann?*, kam postwendend von Anne.

Das wusste sie also auch schon. Die Welt des Vielseitigkeitssports war wirklich klein.

*Trainerwechsel*, schrieb Paula kurzerhand zurück. *Muss jetzt los. Wir hören uns später.*

Anne schickte ein Daumen hoch. *Kannst ja mal ein Video schicken, wie dein Neuer sich so macht.*

Als sie sich Annes Gesicht vorstellte, wenn sie sah, was Paula im Moment übte, musste sie unwillkürlich lachen.

Martin ließ sie immer noch viel Zeit darauf verwenden, »am Fundament zu arbeiten«, aber es war für sie jetzt okay.

»Lerne, deine Gedanken, Gefühle, Körperempfindungen aufmerksam wahrzunehmen und bewusst zu verändern. Das ist der erste Schritt zu einer tiefen Beziehung zu deinem Pferd.« Bevor La Vie überhaupt in ihr Sichtfeld kam, sollte Paula nach innen spüren und sich in einen entspannten Zustand bringen. »Dein Pferd liest dich wie ein Buch. Wenn du mit irgendwelchen Spannungen bei ihm aufkreuzt, wird es sich sofort anspannen, denn in einer Herde werden auf diese Weise überlebenswichtige Informationen übermittelt. Ein Pferd nimmt die Stimmung des anderen an und genauso ist es in euerer Zweierherde. Wenn du angespannt bist, meint dein Pferd, es gäbe einen Grund dafür, und macht sich fluchtbereit. Bist du entspannt, kann es sich auch entspannen, und ihr werdet harmonisch zusammenarbeiten.«

Paula lauschte auf ihren Atem, der durch die Nase einströmte, und zählte die Atemzüge. Einundzwanzig, zweiundzwanzig, dreiundzwanzig. Doppelt so lange aus wie ein, sagte Martin immer. Sie ließ den Atemstrom durch die halb geschlossenen Lippen entweichen. Das half ihr, die Länge des Ausatmens zu kontrollieren. Einundzwanzig, zweiundzwanzig, dreiundzwanzig, vierundzwanzig, fünfundzwanzig, sechsundzwanzig.

Das konnte sie keinem ihrer Turnier- und Vielseitigkeitskollegen erzählen, was sie hier machte, am wenigsten der ehrgeizigen Anne. Zuerst hatte sie sich mit Händen und Füßen gegen diese kleine Übung gesträubt.

»Einfach mal eine Woche ausprobieren und schauen, ob es einen Unterschied macht«, hatte Martin sie überredet.

Und Paula musste zugeben, dass sie sich nach ihrer Atemübung entspannt und gleichzeitig sehr klar und wach fühlte.

Wenn sie in diesem Zustand war, reagierte La Vie total positiv auf sie, und das war auch schon der zweite Schritt von Martins »Fundament«.

»Sobald La Vie dich sieht, egal aus welcher Entfernung, scannt er dich sofort, wie du dich für ihn anfühlst. Wenn du ihm ruhig, klar und entspannt begegnest, weil du vorher dafür Sorge getragen hast, dass du es wirklich bist, habt ihr den besten Start in eure Trainingseinheit an diesem Tag.«

Eigentlich so einfach. Und kostete nur ein paar Minuten. Wenn Paula daran dachte, mit welchem inneren Druck und welcher Hektik sie früher immer zum Pferd gekommen war, machte das hier einen Riesenunterschied für alles, was danach kam.

Und noch einen dritten Schritt gab es in Martins Fundament für eine tiefe Beziehung zum Pferd. Wenn La Vie nach seiner ersten Sichtung aus der Ferne von sich aus zu ihr gekommen war (und das war auch neu, dass sie ihn jetzt nicht mehr irgendwo auf der Weide einsammeln musste) und sie eine Weile einfach ruhig zusammengestanden hatten, lehnte sie sich etwas gegen seinen Kopf. Der Wallach gab ein paar Zentimeter nach und Paula hielt sofort mit ihrer Bewegung inne. Das reichte schon, um ihm zu signalisieren, dass Paula nun die Rolle des Leitpferdes einnehmen würde.

»Bleibe immer so fein wie möglich«, hörte sie dabei Martins Stimme in ihrem Ohr. La Vie schnaubte danach fast immer ab, als wolle er sagen: »Gut, dass wir das geklärt haben. Ich schließe mich dir gerne an.«

Paula stellte sich für einen Moment eine Welt vor, in der sich auf einem Turnier jeder Teilnehmer erst mal auf diese Weise mit seinem Pferd verband, bevor er seine Prüfung ritt. Weil er verstanden hatte, dass der eigene innere Zustand der Schlüssel zu seinem Pferd war.

Das wäre echt absolut crazy, dachte Paula. Und niemals wirklich möglich. Schon allein deshalb, weil mit so einem gemeinsamen Auftakt viele Dinge, die sie auf den Abreiteplätzen der Turniere immer wieder gesehen hatte, dann auch nicht mehr möglich wären. Pferde mit blutigen Maulspalten vom Gebiss und mit blutigen Flanken von den Sporen; Pferde, deren Kopf in Rollkurmanier vom Reiter bis auf die Brust gezogen wurde oder die mit der Gerte richtig verdroschen wurden, wenn sie einen Übungssprung verweigerten.

Sie schüttelte den Kopf, als könne sie damit auch all diese Bilder abschütteln. Der Sport war eben, wie er war. Man konnte es nur selbst besser machen.

Ihr Handy gab ein Signal, dass eine neue Nachricht eingegangen war.

Anne. *Was ist denn jetzt mit dem Video?*

Paula spürte, wie sich etwas in ihr wieder anspannte.

Irgendein älteres Video hatte sie noch vom Freispringen, das konnte sie ihr erst mal schicken, damit sie Ruhe gab.

# 4.

Das Telefon in der Küche klingelte, als Paula gerade aus der Schule kam.

»Lippold.«

»Paula, bist du das?«

In einem Moment fühlte sie sich schockgefroren, sie wusste nicht genau, ob aus Angst oder Freude.

»Jaaaaa? Hallo? Wer spricht da?«, stotterte sie ins Telefon, obwohl sie die Stimme des Cheftrainers sofort erkannt hatte.

»Horst Ernst hier. Schön, dass ich dich gleich erreiche. Das mit deinem Unfall und dass du nicht an der Quali für den Kader teilnehmen konntest, tut mir echt leid. Ich hoffe, dir geht es wieder gut?«

»Ja, prima, alles wieder gut.« Paula ärgerte sich über sich selbst, dass sie so unsicher klang. Ihr Gehirn raste. Welchen Grund konnte Horst Ernst haben, sie anzurufen?

»Anne Ötting hat mir erzählt, dass du ein vielversprechendes junges Vielseitigkeitspferd unterm Sattel hast. Bist du zum Bundeschampionat gemeldet? Ich würde mir euch beide gerne mal angucken. Du weißt ja, ich halte immer Ausschau nach neuen Talenten.«

Paula setzte einen Moment der Atem aus. Das konnte doch nicht wahr sein. Horst Ernst rief sie persönlich an und interes-

106

sierte sich für sie und La Vie! Da hatte es doch mal was Gutes, dass Anne so eine wichtigtuerische Tratschtante war.

»Paula? Bist du noch da?«, kam die Stimme des Cheftrainers aus dem Hörer.

»Ja, klar. Ich meine, absolut. Also, auf jeden Fall sind wir gemeldet, also ich meine, wir sind dabei, uns für die Starterlaubnis zu qualifizieren«, stammelte sie.

»Das dachte ich mir. Dann sehen wir uns da. Bis dahin alles Gute und weiter viel Erfolg!«, erwiderte der Trainer.

»Ja, danke für den Anruf«, murmelte Paula.

Doch Horst Ernst hatte schon aufgelegt.

Als ihre Mutter die Küche betrat, hatte sie immer noch das Gefühl, als könne sie sich nicht rühren.

»Du siehst aus, als hättest du gerade ein Gespenst gesehen«, scherzte Marlene Lippold angesichts ihrer erstarrten Tochter.

»So ähnlich, Mama«, gab Paula zurück. Allmählich kam das Leben in sie zurück. »Horst Ernst hat gerade angerufen und gesagt, dass er mich und La Vie auf dem Bundeschampionat anschauen will.«

»Nimmst du da denn da teil?« gab ihre Mutter erstaunt zurück.

Paula nickte mechanisch. »Jetzt ja.«


Es schien, als habe der Anruf des Cheftrainers eine Art Seifenblase, in der Paula sich in den letzten beiden Monaten bewegt hatte, zum Platzen gebracht. Sie spürte eine wachsende innere Spannung. So toll das Pferd-Mensch-Beziehungs-Training mit Martin war und sosehr sich ihre Verbindung zu La Vie vertieft hatte, wo sollte das denn hinführen? Es war Zeit, sich wieder mit der »realen Welt« zu konfrontieren. La Vie war nun bald fünf Jahre alt. Wenn sie ihn ernsthaft auf dem Bundeschampionat in der Vielseitigkeit vorstellen wollte, mussten sie jetzt Gas geben, denn es gab einige Qualifikationsprüfungen, die es dafür vorher zu bestehen galt. Sie musste mit Martin Klartext reden, da führte kein Weg dran vorbei.

Die Gelegenheit ergab sich von ganz allein. Martin hatte mal wieder alle möglichen Sachen angeschleppt, große Planen, Hütchen und Flatterbänder und verteilte sie gerade auf dem Platz, als Paula aus dem Haus trat.

Das sah wieder nicht nach einer normalen Trainingsstunde aus. Umso gerechtfertigter fühlte sie sich in ihrem Anliegen. Entschlossen stiefelte sie zu Martin herüber. »Ich muss mit dir reden.«

Martin, der gerade dabei war, eine riesengroße blaue Plane zu entfalten, unterbrach seine Arbeit und wandte sich Paula aufmerksam zu. »Ich höre?«

»Ich kann so nicht mehr weitermachen. Es ist höchste Zeit, dass wir mit dem richtigen Training anfangen.« Als sie die Worte ausgesprochen hatte, war Paula sich nicht sicher, ob sie sich erleichtert fühlte.

Für einen kurzen Augenblick sah Martins Gesicht total überrascht aus. Dann fing er sich wieder. »Paula, wir machen von der ersten Stunde an ›richtiges Training‹. Du hast mir selbst erzählt, wie sehr sich deine Beziehung zu La Vie verändert hat. Wie viel tiefer du dem Wallach vertraust und er dir. Und dass du ihn mit kleinsten Impulsen korrigieren kannst, wenn irgendetwas ist. Glaubst du, all das ist nicht die Frucht eines richtigen Trainings?«

»Du weißt, was ich meine«, insistierte Paula. »Das, was wir hier machen, kann ich auf keinem Turnier der Welt zeigen.«
Martin entließ einen tiefen Atemzug. »Paula, vertraue mir. Es geht im Moment noch nicht darum, irgendwo hinzukommen und was zu erreichen. Lasse dich darauf ein, was hier und jetzt ist, und vertiefe, was du in diesem Moment mit deinem Pferd findest. Nur so gibt es eine echte Entwicklung. Da ist noch so viel möglich bei euch. Aber es braucht ...«

»... ja, ja, ein Fundament, ich weiß«, gab Paula genervt zurück. »Du hast es oft genug gesagt.«

Sie fühlte sich plötzlich wie ein bockiges kleines Kind, dem man sein Lieblingsspielzeug wegnehmen wollte. »Aber es gibt auch noch etwas jenseits davon, stundenlang auf dem Reitplatz rumzustehen und mit seinem Pferd zu atmen.«

»Okay, leg die Karten auf den Tisch. Was steht hinter deinem plötzlichen Sinneswandel?«, gab Martin ernüchtert zurück.

Paula fasste sich ein Herz. »Ich will mit La Vie auf dem Bundeschampionat der Nachwuchspferde in Warendorf starten. Und er muss jetzt endlich mal richtig was arbeiten, damit wir da auch hinkommen.«

Martin nickte langsam. Sein Gesicht war plötzlich wie versteinert. »Ich verstehe. Ruhm und Erfolg rufen.«

»Nee, gar nichts verstehst du«, brach es aus Paula heraus. »Weißt du eigentlich, wie viele Turnierreiter da draußen sind, die von dem ganzen Bodenarbeits- und Beziehungs-Scheiß hier keine Ahnung haben und trotzdem super reiten? Ich kenne sehr viele talentierte Vielseitigkeitspferde und sehr viele talentierte Reiter, die zusammen große Erfolge erzielen. Ich kann es nicht mehr hören, dass du immerzu auf dem Sport rumhackst! Er gehört nun mal zu mir dazu. Und La Vie weiß das, sonst hätte er sich nicht für mich entschieden.«

Paula hörte sich überrascht die letzten Worte aussprechen und wusste plötzlich, dass es stimmte. La Vie kannte sie durch und durch und wusste genau, worauf er sich mit ihr einließ.

»Weißt du eigentlich, warum ich so viel Mühe darauf verwende, dich und La Vie zu trainieren?«, gab Martin leise zurück.

Paula presste die Lippen fest aufeinander. Was immer jetzt kam, sie wollte es nicht hören. Doch Martin sprach einfach weiter: »La Vie ist ein unglaublich sensibles Pferd. Das feinste, was ich je gezogen habe. Er ist so feinfühlig, dass er spüren kann, was du im nächsten Moment von ihm willst, und es vorwegnehmen will. Du kannst ihn fast mit deinen Gedanken lenken. Ja, auch ich glaube, dass ihr in der Dressur und im Springen zusammen Großes erreichen könnt. Aber auf eurem ganz eigenen Weg. Wenn ein Pferd wie La Vie zu früh in die Mühlen des Sports gezogen wird, wo es immer nur um Höchstleistung geht, wird es kaputtgemacht. Denn seine Bereitschaft, alles für dich zu tun, kennt keine Grenzen. Und das wird vom System gnadenlos ausgenutzt.«

Paula stellte sich vor, wie Martins Worte einfach an ihr abprallten. Er hatte einfach keine Ahnung.

Als spüre er, dass er Paula nicht erreichen konnte, fügte Martin leise hinzu: »Du erinnerst dich an das Foto mit Willi Schultheis bei mir zu Hause? Ich war mal wie du: talentiert, ehrgeizig, ich wusste, dass ich das Zeug habe, mit meinem Schimmel Artus in der Dressur ganz nach oben zu kommen. Ich wollte zu schnell zu viel. Artus blieb dabei auf der Strecke.« Er blickte Paula eindringlich an: »Mach nicht den gleichen Fehler wie ich damals.

Du und La Vie, ihr müsst euren Weg gemeinsam gehen, euch entwickeln in eurem ganz eigenen Tempo. Nicht diktiert von irgendwelchen äußeren Zwängen. Ihr kommt groß raus, wenn ihr so weit seid, das weiß ich. Aber gib dir und deinem Pferd die Zeit, die ihr braucht.«

Paula wusste einen Moment nicht, was sie sagen sollte. Gegen ihren Willen berührte sie es, dass Martin seine persönliche Geschichte mit ihr geteilt hatte. Aber das war seine Geschichte, nicht ihre.

»Ich kann den Sport einfach nicht aufgeben, Martin«, gab sie zurück. »Ich kann nicht und ich will es auch nicht. Und die Gelegenheit, La Vie auf dem Bundeschampionat dem Cheftrainer des Jugendperspektivkaders vorzustellen, kommt nur einmal. Ich muss sie ergreifen, wenn mein Traum wahr werden soll.«

Martin nickte kurz. »Dann kann ich dir nicht helfen, Paula. Suche dir einen anderen Trainer, der dich da hinbringt. Und bete, dass La Vie nicht den Preis dafür bezahlt.«

Er drehte sich um, stieg in sein Auto und fuhr fort.

Paula blickte ihm nach und hatte das Gefühl, als würde sie innerlich in zwei Teile zerrissen werden. Aber gleichzeitig fühlte sie, dass sie diese Entscheidung so treffen musste. Es war ihr Weg, auch wenn keiner sie verstand.

»Wo ist Martin denn hin?« Marlene Lippold kam erstaunt aus dem Haus. Sie hatte gerade frischen Kaffee gemacht und wollte Martin eine Tasse anbieten, bevor das Training losging. Durch seine häufigen Besuche auf dem Lippold'schen Hof gehörte er schon fast zur Familie.

»Ich habe das Training mit Martin beendet. Oder besser er mit mir. Ich gehe zurück zu Nadine Bühmann.«

Ihre Mutter brachte einen Moment kein Wort raus. Dann fasste sie sich wieder. »Paula, was war los? Habt ihr euch gestritten?«

Paula schüttelte den Kopf. »La Vie soll beim Championat starten. Da braucht es eine andere Art von Training als das, was Martin mit mir macht.«

Ihre Mutter blickte sie fassungslos an, als könne sie immer noch nicht begreifen, was sie gerade gehört hatte.

Paula drehte sich weg. »Sorry, Mama, wir können später reden. Ich muss jetzt La Vie von der Weide holen. Nadine erwartet mich in einer Stunde in der Halle vom Reitverein!«

# 5.

Die erste Stunde mit Nadine war mega gelaufen. Als Paula ihr getextet hatte: *Kannst du uns fit machen für das Bundeschampionat?*, hatte sie sofort zugesagt und ihr gleich einen Termin gegeben.

Sie begannen mit der Dressur, weil die Trainerin sehen wollte, auf welchem Stand sie jetzt waren. Zu Nadines großer Überraschung zeigte La Vie sich unglaublich fein. Er reagierte sofort auf minimale Hilfen und hatte alles, was sie zuvor erarbeitet hatten, noch total auf dem Kasten. Ganz im Gegenteil zeigte er jede einzelne Lektion lockerer, sauberer und ausdrucksstärker als je zuvor.

»Was hast du denn mit dem gemacht? Der läuft ja total super!«, stellte Nadine am Ende der Dressureinheit fest.

Paula überlegte einen Moment, ob sie ihr vom Training mit Martin erzählen sollte. Doch dann entschied sie sich, es zu lassen. Nadine würde es eh nicht verstehen, und es war auch nicht so wichtig, dass sie es nicht wusste.

Im Freispringen kam die nächste Überraschung. Mit viel Konzentration und Schwung setzte La Vie immer wieder über die drei Hindernisse, die Paula und Nadine an der langen Seite aufgebaut hatten. Mit jeder Erhöhung der Stangen schien er noch leichter über die Stangen zu fliegen.

»Der hat sich ja fantastisch gemacht!«, rief Nadine aus. »Was immer du mit ihm in den letzten Monaten angestellt hast, mach weiter damit!«

Paula spürte einen kurzen, heftigen Stich von schlechtem Gewissen. War das nicht genau, was Martin gesagt hatte? Dass sein Training das Fundament legte für alles, was danach kam? War es am Ende ein Fehler gewesen, den Weg mit ihm abzubrechen?

Das Mitteilungssignal von Paulas Handy ertönte.

*Hat Horst dich angerufen? Ich habe ihm von deinem Wunderpferd erzählt und gesagt, dass du mit ihm am Bundeschampionat teilnimmst. Wann kann ich den denn endlich mal sehen?*, textete Anne.

*Ich habe wieder das Training mit N. Bühmann angefangen. Komm doch vorbei, wenn du in der Gegend bist,* textete Paula zurück.

Sie verscheuchte die Gedanken an Martin. Ihre Entscheidung, zu Nadine zurückzugehen, war richtig.

# 6.

Johannes passte sie schon im Flur ab. »Hast du sie noch alle? Martin rauszukicken?«

Paula war in Hochstimmung von der Stunde mit Nadine nach Hause zurückgekommen und Johannes' Attacke traf sie total unvorbereitet. Sie hatte es nur sehr selten erlebt, dass ihr großer Bruder so die Kontrolle über sich verlor.

Sie versuchte, vollkommen emotionslos zu reagieren. »Wir haben unser Training in gegenseitigem Einvernehmen beendet.«

»Hör auf, so geschwollen daherzureden«, fuhr Johannes sie an.

Paula spürte, dass sie langsam ebenfalls wütend wurde. »Kannst du mal bitte runterkommen? Was regst du dich denn so auf? Du kannst doch mit ihm weitertrainieren. Und Mama und Papa auch. Ich habe einfach nur eine Entscheidung für mich und mein Pferd getroffen.«

Doch Johannes konnte oder wollte sich nicht abregen. »Eine scheiß Entscheidung ist das! Wie kannst du so blind sein? La Vie ist in den letzten Monaten ein ganz anderes Pferd geworden. Ihr seid total zusammengewachsen, er folgt dir wie ein Schatten. Wie kannst du das alles wegschmeißen für irgendwelche bescheuerten Turniererfolge?«

Paula platzte der Kragen. »Ich habe es echt satt, dass mir jeder sagt, was gut für mich ist. Ich bin nicht du. Und der Sport gehört nun mal zu mir und meinem Leben dazu. Mach du einfach dein Ding und lass mich meins machen.«

Sie drehte sich um und rannte türenknallend in ihr Zimmer.

An der Oberfläche schienen sich die Dinge beruhigt zu haben. Paula hatte ihre Stunden bei Nadine so gelegt, dass sie nicht da war, wenn Martin auf den Hof kam, um Johannes und ihre Eltern zu unterrichten. Beim Abendbrot wurde das Thema Martin krampfhaft vermieden, wenn Paula dabei war. Oft hatte sie aber auch keinen Hunger oder nahm sich einfach ein Brot mit aufs Zimmer.

Die Arbeit mit Nadine kam weiter voran, La Vie machte sich einfach großartig in der Dressur, im Springen und auch im Gelände. Die Übungen, die sie bei Martin gelernt hatte, machte Paula heimlich weiter, und das Band zwischen ihr und ihrem Pferd wurde immer enger.

Es war ihr zur zweiten Natur geworden, vor jeder Begegnung mit La Vie ihre Gedanken, Gefühle, Körperempfindungen aufmerksam wahrzunehmen und sich bewusst zu entspannen. Auch wenn während des Trainings eine Situation aufkam, in der sie bemerkte, dass er sich anspannte, ließ sie ihre Anspannung mit einem tiefen Atemzug einfach los und konnte spüren, dass auch ihr Pferd sich sofort wieder entspannte.

Ein bisschen schizophren war es schon. Nadine sollte nichts von ihrer inneren Arbeit mit La Vie merken, weil es ihr einfach peinlich war, so was zu machen. Und ihre Familie sollte auch nichts merken, weil sie nicht wollte, dass Martin erfuhr, dass er recht behalten hatte: Mit dem Fundament, das sie gemeinsam gelegt hatten und das Paula jeden Tag weiter verstärkte, wurde aus dem begabten Nachwuchspferd langsam ein Top-Performer.

So war es kein Zufall, dass ein regionaler Sponsor nach der ersten Geländepferdeprüfung, die sie als Qualifikation für das Championat erfolgreich bestritten hatten, an sie herantrat und anbot, ihre Teilnahme am Bundeschampionat komplett zu finanzieren, wenn sie dafür sein Logo auf ihrer Kleidung trug.

Eigentlich hätte Paula mehr als zufrieden sein können. Doch sie war es nicht. Die innere Zerrissenheit, die sie bei der Trennung von Martin zum ersten Mal gespürt hatte, war ihr ständiger Begleiter geworden. Sie hatte das Gefühl, in verschiedenen Welten zu leben, von denen sie einfach nicht wusste, wie sie sie zusammenbringen konnte.

Richtig glücklich war sie nur, wenn sie, wie jetzt gerade, allein mit La Vie auf der Weide war und keiner irgendetwas von ihr wollte. Paula stand vor dem Wallach, der seinen Kopf gegen ihre Brust gelehnt hatte, wie bei ihrer ersten Begegnung. Sie lauschte einfach auf ihren Atem, der durch die Nase ein- und ausströmte. Schon lange zählte sie nicht mehr die Atemzüge, wie Martin es sie gelehrt hatte, sondern folgte innerlich einfach nur dem natürlichen Atemfluss und genoss das Zusammensein mit ihrem Pferd, das seine Augen halb geschlossen hatte. La Vie liebte es, wenn sie so entspannt atmend zusammenstanden.

Paula musste plötzlich lächeln. Was hatte sie damals bei ihrem Streit zu Martin gesagt? »Es gibt auch noch etwas jenseits davon, stundenlang auf dem Reitplatz rumzustehen und mit seinem Pferd zu atmen.« Und jetzt stand sie hier und tat genau das.

Wenn sie ehrlich war, vermisste sie ihren alten Trainer. Nadine war total kompetent und holte das Beste aus ihr und La Vie raus, aber Martin hatte etwas an sich, das irgendwie magisch und weise war. Da konnte ihm keiner das Wasser reichen. Oh Gott, jetzt klang sie schon wie Johannes. Schluss damit!

Paula strich La Vie über den Kopf, um ihn aus seinem tiefen Entspannungszustand zurückzuholen. »Komm, Süßer, die Arbeit ruft. Anne kommt uns heute im Training besuchen, da wollen wir uns von unserer besten Seite zeigen!«

# 7.

Angeblich wollte ihre alte »Freundin« sich mit ihren Eltern in der Nähe ein Nachwuchspferd angucken, aber Paula war nicht sicher, ob sie das glauben sollte. Irgendwie hatte sie das Gefühl, dass eine Mischung aus Faszination und Neugier auf Paula und ihr »Wunderpferd« sie heute zu ihr brachte. Jede von ihnen, die Vielseitigkeit ritt, wusste um die Gefährlichkeit ihres Sports. Immer wieder passierten auf den Geländestrecken spektakuläre Unfälle, die mitunter Pferd und Reiter das Leben kosteten. Gerade war wieder eine 15-jährige Engländerin auf der Anlage ihrer Familie mit ihrem Pferd gestürzt und verstarb noch an der Unfallstelle, das Pferd musste mit Genickbruch ebenfalls eingeschläfert werden. Sie galt als eine der vielversprechendsten Nachwuchs-Hoffnungen in Großbritanniens Vielseitigkeits-Szene und hatte innerhalb der letzten fünf Jahre ein Top-Ten-Resultat nach dem anderen abgeräumt. Nach solchen Unfällen war die Szene kurz schockiert und machte dann weiter wie zuvor.

Wenn jedoch eine von ihnen, so wie Paula, nach einem Sturz, der das Ende aller Hoffnungen schien, wie Phönix aus der Asche aufstieg und dazu noch mit einem hochtalentierten Pferd zurückkam, dann hatte das offenbar etwas Faszinierendes. Als sei eine von ihnen dem Tod, der sie alle bei jedem Wettbewerb und jedem Ritt unsichtbar begleitete, von der Schippe gesprungen. So etwas in der Art musste wohl auch Anne bewegen.

Die Stunde mit Nadine hatte schon begonnen, als sie Anne auf der Tribüne entdeckte. Paula nickte ihr kurz zu und ritt dann weiter ihre Lektionen. Heute ließ Nadine sie mal eine komplette L-Dressur gehen.

La Vie lief in vorbildlicher Anlehnung am Zügel und ließ sich willig biegen und stellen. Die Tempowechsel von Arbeitstrab zu Mitteltrab einerseits und versammeltem Trab andererseits sowie zwischen Arbeitsgalopp, Mittelgalopp und versammeltem Galopp waren harmonisch und klar. Auch Lektionen wie den Außengalopp, einfache Galoppwechsel oder die Kurzkehrtwendung führte La Vie souverän und flüssig aus. Paulas Hilfen waren so fein, dass sie kaum wahrnehmbar waren. Wenn sie am Wochenende so ritt, war ihnen eine Bestnote gewiss!

Als sie die Zügel aus der Hand kauen ließ, kam ein Applaus von der Tribüne.

»Whoaaa, läuft der geil«, rief Anne überschwänglich aus, und Paula hatte sogar das Gefühl, dass sie es ernst meinte. »Der ist ja megafein! Wie macht er sich denn beim Springen?«

Eigentlich hatte sie heute nur die Dressuraufgabe üben wollen, aber Paula packte plötzlich der Ehrgeiz. Sie wollte Anne zeigen, was alles in ihrem La Vie steckte.

»Der fliegt«, meinte sie selbstbewusst und glitt aus dem Sattel.

An der langen Seite bauten sie drei ambitionierte Sprünge auf, Stange, Steil, Oxer, und Paula nahm ihrem Pferd Sattel und Trense ab. Anne wollte ihr eine lange Longierpeitsche reichen, aber Paula winkte ab.

Sie ließ La Vie nur mit ihrer Stimme angaloppieren und schickte ihn in die Gasse auf die Sprünge zu. Der Wallach war mittlerweile ein richtiger Freispring-Profi und nahm alle drei Hindernisse souverän und sicher.

»Meeega«, kam von Anne. »Hat der noch Luft nach oben?«

»Klar«, gab Paula zurück und legte alle Stangen gleich zwei Löcher höher, auch wenn Nadine ihr einen zweifelnden Blick zuwarf.

Wieder ließ sie La Vie nur mit Stimmkommando angaloppieren und wies ihm den Weg in die Gasse. Mit aufmerksam gespitzten Ohren galoppierte er auf den ersten Sprung los, als es plötzlich irgendwo draußen vor der Halle einen Knall gab.

Erschrocken scheute La Vie vor dem Sprung, konnte aber nicht mehr rechtzeitig bremsen und rutschte mitten in den Oxer hinein. Das erschreckte ihn noch mehr, er suchte panisch nach einer Fluchtmöglichkeit aus den krachenden Holzstangen und der engen Gasse und sprang aus dem Stand über die hohe Abgrenzung, die sie seitlich der Sprünge aufgebaut hatten. Dann blieb er zitternd stehen.

All das dauerte nur ein paar Sekunden, doch als Paula La Vie so mit hängendem Kopf dastehen sah, schossen ihr sofort die Bilder von ihrem Unfall mit Bogart in den Kopf.

»Nein, nein, nein«, flüsterte sie panisch und rannte zu ihrem Pferd. Aus den Augenwinkeln nahm sie wahr, dass Nadine zu ihnen herübereilte und Anne ebenfalls über die Bande sprang und auf sie zulief. »Ist er okay?«

Nadine hatte gleich begonnen, La Vies Beine abzutasten. »Ich kann so weit nichts fühlen, sind nur ein paar äußere Kratzer. Führe ihn mal ein paar Schritte.«

Anne stand neben der Trainerin, und Paula fiel auf, dass sie kreidebleich war.

Nadine sprang auf, um die Trense zu holen.

»Brauch ich nicht«, meinte Paula und ging einfach los. La Vie folgte ihr wie ein Hund.

Nadine atmete aus. »Im Schritt sieht man nichts. Willst du ihn mal traben lassen?«

Paula spannte ihre Beckenbodenmuskulatur leicht an. Das genügte, um La Vie in den Trab zu schicken.

Nach ein paar Metern schnaubte er ab. »Okay, der entspannt sich und läuft klar, sieht aus, als wäre alles in Ordnung«, meinte Nadine jetzt. Mit einem Seitenblick zu Anne fügte sie hinzu: »Das hätte auch böse ausgehen können. Solche Aktionen haben schon manches Turnierpferd die Karriere gekostet.«

Anne sah aus, als würde sie am liebsten vom Erdboden verschwinden.

Gefolgt von La Vie kehrte Paula zu den beiden zurück. Die Erleichterung, dass er keinen körperlichen Schaden aus der Aktion davongetragen hatte, war ihr auf dem Gesicht abzulesen.

Doch Nadine setzte einen besorgten Gesichtsausdruck auf. »Kann natürlich sein, dass der jetzt sauer gesprungen ist. Eigentlich müsstest du ihn noch mal über die Hindernisse schicken, sonst riskierst du, dass er dir in Zukunft aus Angst Sprünge verweigert.«

Paula wusste intuitiv, dass Nadine recht hatte. Sie spürte die Angst, die La Vie noch in den Knochen saß, aber sie spürte auch, dass er ihr immer noch so sehr vertraute wie vorher.

»Okay, ich lasse ihn noch mal einen Korrektursprung machen, aber anders als vorher. Helft mir bitte, die Sprünge niedriger zu stellen und die Gassen abzubauen. Einen Sprung nehmen wir ganz raus.«

Nadine machte sich gleich an die Arbeit, aber Anne, die wieder in ihre überhebliche Haltung zurückgefunden hatte, meldete sich zu Wort. »Also, ich würde die Gassenbegrenzung noch erhöhen und den da richtig mit Karacho durchschicken, sonst bricht der dir wieder aus.«

Paula schaute sie an, als habe sie gerade etwas in einer anderen Sprache gesagt. Dann sagte sie leise: »La Vie hat Angst. Das Letzte, was er jetzt braucht, ist Druck, der ihm noch mehr Angst macht.«

Anne zog eine Augenbraue hoch. »Meinst du vielleicht, du kannst den rüberstreicheln?«

Paula spürte in sich plötzlich eine tiefe Sicherheit. »So was in der Art. Würdest du jetzt bitte hinter die Bande gehen?«

Ihr war vollkommen egal, was Nadine oder Anne oder irgendwer dachte. Sie wusste sehr genau, was La Vie jetzt brauchte, um noch mal über die Hindernisse zu gehen.

Sie schloss die Augen und begann, tief und regelmäßig zu atmen. Sofort schloss La Vie sich ihr innerlich an, und Paula konnte mit jedem Atemzug bemerken, wie er ruhiger wurde. Als er mit abgesenktem Kopf und halb geschlossenen Augen in tiefer Entspannung vor ihr stand, seinen Kopf an ihre Brust gelehnt, visualisierte sie innerlich, wie er ein paarmal entspannt und flüssig über die beiden jetzt frei stehenden Sprünge ging.

Dann lehnte sie sich etwas gegen seinen Kopf und La Vie gab sofort ein paar Zentimeter nach. Er akzeptierte, dass Paula nun die Rolle des Leitpferdes einnehmen würde, und war bereit, ihr vertrauensvoll zu folgen.

Sie wandte sie sich seitlich von La Vie ab, und er folgte ihr, als seien sie durch ein unsichtbares Band miteinander verbunden.

Paula gab ihm das unmerkliche Zeichen, an ihr vorbeizugehen und neben ihr anzutraben und schließlich anzugaloppieren. La Vie versammelte seinen Galopp so stark, dass sie schnellen Schrittes neben ihm hergehen konnte.

Paula konnte fühlen, dass er vollkommen bei ihr war, mit seiner Aufmerksamkeit und mit seinem Herzen.

Sie bedeutete ihm, jetzt um sie herum in einem Zirkel zu galoppieren, und ließ den Durchmesser des Galoppzirkels immer weiter werden, bis der nächste Zirkel schließlich die zwei Sprünge mit einschloss.

La Vie war ganz auf Paula ausgerichtet, und als wäre es das Natürlichste von der Welt, nahm er flüssig die kleinen Sprünge und zirkelte weiter um Paula herum.

Sie ließ ihn noch zwei Mal in gleicher Weise über die Sprünge gehen, indem sie sie einfach in ihren Zirkel mit einbaute, und bedeutete ihm dann, zu ihr in die Mitte zu kommen. Sie rieb seinen Hals und ein tiefer Seufzer der Erleichterung entfuhr ihrer Brust.

Jetzt erst nahm sie wieder Nadine und Anne wahr, die ihr stumm zugeschaut hatten.

Nadine nickte ihr anerkennend zu. »Sehr elegant. Die Kuh ist vom Eis.«

Anne sah man förmlich an, wie ihre Gedanken ratterten auf der Suche nach einem passenden Kommentar. Doch irgendwie schien sie kein Konzept zu finden, welches das traf, was sie gerade gesehen hatte. Um irgendwas zu sagen, äußerte sie schließlich ein lahmes »Ihr habt wohl viel Cavalettis an der Longe gemacht«.

Paula blickte sie an. Einen Moment dachte sie ernsthaft darüber nach, der hilflos wirkenden Anne zu erklären, was wirklich hinter dem stand, was sie gerade gesehen hatte. »Das hat nichts mit irgendeiner Technik zu tun«, würde sie ihr sagen wollen. »Du selbst bist die Stellschraube, die alles verändert.« Doch würde Anne das hören wollen? Würde sie sich ernsthaft selbst infrage stellen und beobachten, würde sie ihre Wahrnehmung schulen wollen und die Verantwortung dafür übernehmen, was sie gerade fühlte? Um es zu verändern? Und dadurch den inneren Zustand ihres Pferdes zu verändern? Die Antwort war Nein. Nicht Anne, aber vielleicht andere Mädchen, die Probleme mit ihren Pferden hatten. Die nach Lösungen suchten, die anders waren, als ihr Pferd mit viel Druck »richtig mit Karacho« irgendwo durchzuschicken.

Paula spürte, wie sie sich aufrichtete. Ja, sie war eine leidenschaftliche Turnierreiterin, aber dank Martin war sie auch zu einer echten Pferdefrau geworden, die Pferde verstand, die wusste, was sie brauchten, und die eine tiefe Beziehung zu ihnen herstellen konnte. Sie war einfach *beides*. Paula atmete tief aus. Das war das Haus, was sie bauen wollte!

# 8.

»Ist es das, was du mit seinem besonderen Potenzial meinst?«
Paula beendete ihren Bericht mit einer Frage. Sie hatte Martin
nach Johannes' Trainingsstunde unter vier Augen von ihrem Erlebnis mit La Vie erzählt. Und von dem Entschluss, den sie gefasst hatte.

»Das ist *euer* besonderes Potenzial«, korrigierte Martin sie
sanft. Er schien Paula nichts von ihrer Auseinandersetzung
nachzutragen. »Weißt du, als ich euch beide damals bei mir in
der Stallgasse zusammen gesehen habe, so tief und vertrauensvoll ineinander versunken, wusste ich, dass es was ganz Großes mit euch beiden werden kann. Wenn ihr den richtigen Weg
findet, so fein miteinander umzugehen, wie es euch beiden
entspricht. Euer Fundament ist jetzt stark und eure Beziehung
tief genug, dass noch ganz andere Dinge möglich sind. Und das
macht mich sehr, sehr froh.«

Paula musste grinsen. »Das heißt, du könntest eventuell in
Betracht ziehen, mich und Vie unter Umständen vielleicht wieder zu trainieren?«

Martin grinste breit zurück. »Wir fangen heute etwas an, das
dir einen Geschmack davon vermittelt, wo es hingehen kann.«

»Und das wäre?«, fragte Paula gespannt.

»Spielen!«

Paula war daran gewöhnt, dass von Martin immer irgendetwas Unerwartetes kam, aber wie sie mit ihrem Pferd spielen sollte, konnte sie sich wirklich nicht vorstellen. La Vie war doch kein Hund!

»Wie meinst du das?«, fragte sie gleich nach. Martin zuckte mit den Schultern. »Probiere einfach mal Sachen aus. Zum Beispiel, wie dein Pferd reagiert, wenn du es mit verschiedenen Dingen konfrontierst. Je ungewöhnlicher, desto besser. Versuche, seine Körpersprache zu lesen und darauf zu antworten. Hat er Angst? Dann braucht er deine sichere Führung und Begleitung. Ist er neugierig und unerschrocken? Dann gib ihm den Raum, die Dinge auf eigene Faust zu erkunden, aber begleite ihn auch da. Fange selbst an, mit den Dingen zu spielen. Kommt über das Spiel mit dem Gegenstand in eine gemeinsame Kommunikation.«

Paula blickte Martin unsicher an. Sie spürte irgendwie, was er meinte, hatte aber keine Ahnung, wie sie das anstellen sollte.

Als könne er ihre Gedanken lesen, gab Martin zurück: »Es gibt keine Anleitung, kein Rezept. Das entsteht alles einfach aus dem Moment heraus. Und das ist genau das, was du dabei lernen sollst. Du spielst mit dem Pferd und das Pferd spielt mit dir. Diese vollkommen freie und spontane Kommunikation ist deine beste Versicherung in Grenzsituationen. Und in Shows ist sie immer der Höhepunkt!«

»Shows?«, gab Paula verwirrt zurück. Jetzt verstand sie nur noch Bahnhof.

Martin winkte lachend ab. »Probiere es einfach aus!«

In den nächsten zwei Wochen verwandelte sich der Reitplatz der Lippolds in einen großen Spielplatz. Paula und Johannes banden Planen und Stangen, Decken und Regenschirme in die Bodenarbeit mit ihren beiden Pferden ein. Eine alte Matratze, die sie in die Mitte des Platzes legten, wurde von La Vie besonders interessiert untersucht, während Valentino sie einfach nur gruselig fand.

Wie Martin ihr geraten hatte, beobachtete Paula den Umgang ihres Pferdes mit dem Gegenstand sehr genau. La Vie schnupperte zunächst an der Matratze. Dann schien er sich zu fragen: Konnte man das komische Ding auch betreten? Sich sogar vielleicht da draufstellen? Und schon stand er mit allen vier Hufen auf der Matratze.

Paula war überrascht und begeistert. Die Neugier und Entdeckerfreude ihres Pferdes kannten offenbar keine Grenzen.

»Er ist ja so cool drauf«, meinte sie zu Johannes, der es endlich auch geschafft hatte, seinen Valentino dazu zu bewegen, wenigstens die Matratze mit der Nase zu berühren.

Ihrem großen Bruder schien plötzlich eine Idee zu kommen. »Hey, warum machen wir La Vie nicht das Kutschgeschirr dran und lassen ihn die Matratze ziehen?«

Paula wollte protestieren. Doch der Gedanke an La Vies Unerschrockenheit gab ihr plötzlich ein Gefühl von Zuversicht. Ja, warum sollten eigentlich nicht auch solche verrückten Sachen mit ihm möglich sein? Sie begann zu ahnen, warum Martin ihnen diese Aufgabe gegeben hatte. Es ging darum, Grenzen auszuweiten. Auf der Basis eines tiefen gegenseitigen Vertrauens.

Sie nickte entschlossen. »Schnallen wir ihm das Geschirr drauf!«

Und wirklich hatte La Vie keinerlei Problem damit, angeschirrt zu werden.

128

Johannes nahm die Stränge in die Hand und brachte nach einiger Zeit etwas Zug darauf, während Paula an La Vies Kopf blieb und ihn im Schritt und Trab führte. Als der Wallach keinerlei Irritation zeigte, befestigte Johannes die Matratze hinten am Geschirr und ließ sie auf dem Boden hinter ihm herschleifen, um ihn an das Geräusch zu gewöhnen. La Vie blieb total cool.

»Wenn schon, denn schon«, meinte Paula übermütig und schmiss sich auf die Matratze. Wie ein routiniertes Kutschpferd zog La Vie los. Ab und zu fand er den Druck zu stark und blieb stehen, doch im Großen und Ganzen gab es keinerlei Problem.

»War doch mega fürs erste Mal!«, meinte Johannes. »Ich wünschte, Valentino wäre so nervenstark!«

»Du wolltest doch ein temperamentvolles Pferd«, gab Paula lachend zurück.

»Stimmt«, meinte Johannes. »Für die Art von freier Show, die mir vorschwebt, ist Valentino genau richtig. Aber dein cooler La Vie hat noch total Luft nach oben. Wenn wir mit dem weiterarbeiten, können wir uns im Winter mit Skiern an ihn dranhängen. Mindestens!«

Abends im Bett nahm Paula ein ganz neues Gefühl in sich wahr. Es war unglaublich groß und weit. So wie sie und Johannes heute mit den Pferden zusammen gewesen waren, ausprobiert hatten, gelacht und gewagt, vertraut und gewonnen, so hatte sie sich nicht mehr gefühlt, seit sie als kleines Mädchen mit Kaya allein durch Feld, Wald und Wiesen gestreift war.

»Freiheit«, sagte etwas plötzlich in ihr. Es war der Geschmack von Freiheit, der in ihr Leben zurückgekehrt war.

Dankbar und glücklich schloss Paula die Augen und war fast im selben Moment schon eingeschlafen.

# 9.

Es war, als hätte die Sache mit der Matratze eine Tür geöffnet, die Paula um nichts in der Welt mehr schließen wollte. Die Fantasie von Paula und Johannes, ihre Pferde mit ungewöhnlichen Dingen zu konfrontieren, kannte keine Grenzen mehr. Je mehr sie wagten, desto mehr wurde möglich, und je mehr möglich wurde, umso mehr wagten sie.

Was die Entwicklung von irgendwelchen verrückten Ideen anging, war Johannes, wie üblich, der totale Draufgänger, während Paula mit ihrem nervenstarken La Vie in der Umsetzung definitiv die Nase vorne hatte.

»Ich habe die ultimative Challenge für uns gefunden«, begrüßte ihr Bruder Paula eine Morgens schon beim Frühstück.

Auf ihren fragenden Blick gab er mit übermütig blitzenden Augen zurück:»Der Rasensprenger!«

Paula verspürte wagemutiges Prickeln im Bauch.»Durchgehen, wenn er an ist?«

»Drüberspringen«, gab Johannes verschwörerisch zurück.

Die Geschwister klatschten sich ab.

Sie brachten den Rasensprenger auf den Reitplatz und schlossen ihn an. Zuerst stellte Johannes die Düsen fest, sodass die breite Wasserfontäne nur in eine Richtung spritzte.

Valentino verlor schon beim bloßen Anblick des gruseligen

Gerätes die Nerven und traute sich nicht näher als fünf Meter heran. La Vie dagegen zeigte sich mal wieder tapfer und ging mit der Nase bis zum Sprenger.

Als er den Wasserstrahl kurz über den Düsen berührte und es in alle Richtungen sprühte, erschrak er für einen Moment und machte einen Satz zur Seite. Doch als Paula sich neben den Rasensprenger kniete und mit den Fingern im Wasserstrahl herumspielte, wandte er sich dem komischen Ding gleich wieder aufmerksam zu. Wenn Paula damit spielte, konnte es ja so schlimm nicht sein.

Er kam vorsichtig wieder heran und machte seinen Hals lang, bis seine Schnauze den Strahl berührte. Es spritzte und er erschrak wieder, zog aber den Kopf nur kurz zurück. Paula planschte weiter seelenruhig mit dem Wasser herum und war innerlich total glücklich über ihren mutigen kleinen Kerl.

Schließlich senkte La Vie den Kopf ab und begann mit seinen Lippen mit dem Wasserstrahl zu spielen.

Das war ein super Ergebnis! Es war so unglaublich schön zu sehen, dass er so schnell lernte und ihr vertraute.

Paula richtete sich auf und wandte sich Johannes zu: »Für heute reicht es mit dem Rasensprenger. Aber ich schwöre dir, La Vie und ich werden bald wirklich über das Ding springen, das habe ich im Gefühl!«

»Wenn du das machst, nehme ich es auf und stelle das bei YouTube ein!«, gab Johannes übermütig zurück.

Paula spürte, wie sich sofort etwas in ihr zusammenzog und ihre Stimmung kippte.

»Das wirst du auf gar keinen Fall tun«, schnappte sie und erschrak selbst über ihren scharfen Tonfall.

Johannes war einen Moment verwirrt. »Warum denn nicht? Das ist doch total cool, was du mit La Vie machst und wie er dir vertraut, die Leute fahren da echt drauf ab.«

»Ich will das nicht. Bitte respektiere das«, beharrte Paula.

»Und warum nicht?« Johannes schien immer noch verwundert. »Ich will es einfach nicht«, gab sie zurück. Dann fügte sie hinzu: »Wenn wir es aufs Bundeschampionat schaffen, will ich einfach nicht, dass solche Filmchen über mich im Umlauf sind. Oder meinst du, dann nimmt mich noch irgendeiner ernst?«

Johannes schüttelte resigniert den Kopf. »Dir ist einfach nicht zu helfen.«

# 10.

Die Welt von Paula und La Vie wurde groß und bunt. Neben ihrem Training mit Nadine und Erfolgen in Dressur- und Springpferdeprüfungen, die sie für die Qualifikation brauchte, weiteten sie ihr gegenseitiges Vertrauen mit immer verrückteren Übungen beständig aus. Ob Marlene Lippold den bunten Regenschirm direkt vor La Vies Nase ausschüttelte oder ihr Vater auf den Hof gefahren kam und laut hupend bis vor seine Brust fuhr, der Wallach bewegte sich kein Stück. Auch als Johannes einmal den Rasenmäher direkt vor ihm anmachte, zuckte er nicht mit der Wimper! Solange seine Paula an seiner Seite war, konnte ihn absolut nichts erschüttern. Die felsenfeste Sicherheit, die La Vie in all diesen Situationen ausstrahlte, wirkte wiederum auf Paula wie eine Lebensversicherung. Was sollte ihr an der Seite eines solchen Pferdes schon passieren?

»Nerven wie Drahtseile, dieses Pferd. Den bringt einfach nichts aus der Ruhe. Er könnte glatt ein Polizeipferd werden«, meinte Paula vor ihrer nächsten Stunde mit stolzgeschwellter Brust zu Martin.

Martin nickte langsam. »Lass uns heute mal etwas an der Dressur arbeiten.«

Paula fügte sich, nicht ohne eine leise Enttäuschung, denn sie hatte Martin eigentlich ihre neuesten Kunststücke zeigen wollen. Noch vor ein paar Monaten hätte sie alles, was sie in den letzten Wochen mit La Vie ausprobiert hatte, noch abgetan als albernen Kram für Freizeitreiter, der weit unter ihrer Würde als Turnierreiterin war. Und jetzt konnte sie ehrlich nicht sagen, was sie lieber machte – La Vie auf Turnieren vorzustellen oder mit ihm einfach frei zu spielen. Das war wirklich verrückt.

Martin ließ sie nach dem Warmreiten eine Dressuraufgabe der Klasse L gehen. Ob versammelter Trab oder Mitteltrab und die entsprechenden Übergänge, ob das Rückwärtsrichten, der versammelte Galopp oder Außengalopp, La Vie lief einfach superschön. Er stand so leicht an der Hand, dass Paula das Gefühl hatte, überhaupt keine Zügel mehr in den Händen zu halten. Auch ihr Pferd schien mit Freude dabei zu sein, indem er oft entspannt abschnaubte. Der Ritt zauberte Paula ein seliges Lächeln auf das Gesicht.

Nachdem sie die Aufgabe beendet hatten, nickte Martin zufrieden. »So und jetzt reitest du das Ganze noch mal. Ohne Trense.«

»Ohne Trense? Im Ernst jetzt?«, gab Paula verdutzt zurück.

Wieder einmal war es ihrem alten Trainer gelungen, sie vollkommen kalt zu erwischen.

»Eure Verbindung ist so tief, und er steht so fein an deinen Gewichts- und Schenkelhilfen, dass du die Trense nicht mehr brauchst. Da, wo ihr jetzt steht, stört sie nur. Du wirst sehen.«

Ja, warum eigentlich nicht? Seit Monaten ritt sie La Vie nach den Reitstunden ohne Trense und Sattel trocken und hatte es auch schon auf der Weide ausprobiert, sich einfach so auf La Vie draufzuschwingen und »ohne alles« zu reiten. Durch ihr ge-

134

meinsames Spielen hatte Paula ein so unerschütterliches Vertrauen in ihren Wallach gewonnen, dass sie Martin nun total entspannt die Trense abmachen ließ.

»Okay. Einreiten im Arbeitstrab. Bei X halten und grüßen. Dann im versammelten Tempo antraben«, diktierte Martin ihr erneut den Beginn der Aufgabe L3.

Aus den Augenwinkeln konnte Paula sehen, dass ihre Eltern und Johannes sich an der Reitplatzumrandung eingefunden hatten. Stolz richtete sie sich noch etwas mehr auf, als es nun in versammeltem Trab in die Volte und danach bei A ins Kurzkehrt ging. Auch ohne Zügel stand La Vie genauso fein an ihren Hilfen wie vorher, zeigte in der Volte eine einwandfreie Biegung und Stellung und parierte vor dem Kurzkehrt punktgenau durch zum Schritt.

»Absolut magisch«, durchfuhr es Paula.

»Im Mitteltrab durch die ganze Bahn wechseln. Bei M versammelter Trab«, sagte Martin weiter an.

La Vie lief ohne Trense so viel schöner als mit, er schien beim Mitteltrab fast über dem Boden zu schweben und der Übergang zum versammelten Trab war makellos.

Paula bemerkte, dass Johannes sie filmte, aber das war ihr jetzt auch egal.

Nun im Mittelschritt links um, bei X halten, eine Pferdelänge rückwärtsrichten und daraus im Mittelschritt anreiten. Paula konnte das Halten und das Rückwärts mit der leisesten Verlagerung ihres Beckenbodens steuern. Und es war fast, als bräuchte es noch nicht mal das, als könne sie La Vie allein mit ihren Gedanken reiten. Das musste sie jetzt mal ausprobieren!

Bei F sollten sie im versammelten Tempo rechts angaloppieren. Paula dachte einfach Galopp und vergegenwärtigte sich innerlich den Dreitakt dieser Gangart und schon sprang La Vie an. Nach H kam: Aus der nächsten Ecke kehrt ohne Galoppwechsel und weiter ging es im Außengalopp. Auch das war kein Problem für den Wallach, er behielt auch ohne Trense seine Außenstellung bei.

Als Nächstes folgten ein paar einfache Galoppwechsel, und auch hier reichte es im Prinzip, wenn Paula den Wechsel in ihrem Kopf vorwegnahm, damit La Vie sauber durchparierte und auf der anderen Hand wieder angaloppierte. Auch die folgenden Übergänge vom versammelten Galopp zum Mittelgalopp und vom Mittelgalopp zum versammelten Galopp waren genau auf den Punkt.

Zum Ende der Aufgabe gab es noch die Anweisung, auf dem Mittelzirkel die Zügel aus der Hand kauen zu lassen, und Paula wusste gar nicht, wie sie es angestellt hatte, dass La Vie sich plötzlich nach vorwärts abwärts streckte – außer dass sie sich innerlich entspannt hatte.

Schließlich ging es im Arbeitstrab auf die Mittellinie und bei G kamen das Halten und Grüßen.

Ihre Familie brach in einen spontanen Applaus aus.

»Das war ja meeeega, kleine Schwester«, rief Johannes euphorisch aus. »Und ich habe es alles im Kasten!«

Auch Martin sah mehr als zufrieden aus. »Das habe ich immer in euch beiden gesehen«, sagte er gerührt. »Und es ist erst der Anfang. Der Sattel kann auch weg und als Nächstes werdet ihr auch vollkommen frei springen. Und der Pferdewelt zeigen, dass man mit einem soliden Fundament von gegenseitigem Vertrauen und feinem Reiten so viel weiter kommt als mit all den

Zwangsmaßnahmen, die heute auf den Turnierplätzen zu sehen sind. Du wirst sie alle beschämen.«

Paula wusste gar nicht, was sie sagen sollte. Außer dass sie sich noch niemals so tief beglückt gefühlt hatte wie während dieses Rittes. Sie und La Vie waren wie aus einem Guss gewesen, nicht nur reiterlich, sondern auch geistig. Ihre Gedanken waren seine Gedanken gewesen und seine Impulse die ihren, im Moment, wo sie entstanden. Das hier war wirklich der Beginn von etwas ganz Neuem und Großem, das spürte sie in jeder Zelle.

Sie stieg ab und fiel zuerst La Vie um den Hals, dann Martin und konnte gar nicht mehr aufhören, selig zu grinsen. Ohne nachzudenken, kam plötzlich über ihre Lippen: »Ich glaube, ich bin gerade in meinem eigenen Haus eingezogen!«

Martin nickte. »Ja, das bist du.«

# 11.

Paula hatte sich das Video von ihrer trensenlosen L-Dressur von Johannes auf ihr Handy schicken lassen. Wieder und wieder musste sie es sich angucken. Sie hatte noch niemals zuvor ein Pferd so entspannt und zugleich so voller Freude eine Dressuraufgabe absolvieren sehen. Das, was sie beim Reiten empfunden hatte, transportierte sich auch in den Bildern. Pures Glück.

Was hatte Martin gesagt? Der Sattel sollte als Nächstes weg und sie würden auch so springen? Ja, so ungeheuerlich es auch ihrem Verstand erschien, Paula konnte spüren, dass es möglich war. Das und noch viel mehr. Es war möglich, weil sie und La Vie diese unglaubliche Verbindung von Herz zu Herz besaßen. Auch wenn die Basis ihnen einfach geschenkt war, so hatte Martins geduldige und unnachgiebige Arbeit am »Fundament« das Beste aus ihrem gemeinsamen Potenzial herausgeholt. Jetzt waren sie da angekommen, wo der alte Trainer sie immer gesehen hatte. Und je mehr sie im Außen nun »wegließen«, desto stärker trat ihre Herzverbindung paradoxerweise hervor.

Doch wo wollte das hin? Klar würde es spannend sein, wie diese Art des freien Reitens ihr Reiten mit Sattel und Trense beeinflussen würde. Denn so »ohne alles« konnte sie auf keinem Turnierplatz aufkreuzen. Schade eigentlich.

Vielleicht könnte es vielen Leuten die Augen öffnen. Sowohl den Turnierreitern, indem sie sehen würden, was alles möglich war, wenn man sich erst einmal am Boden eine Basis von echtem und tiefem Vertrauen mit seinem Pferd erarbeitet hatte. Und auch den Freizeitreitern, indem sie sehen würden, dass der Sport und seine Leistungsanforderungen für das Pferd keine Qual sein mussten. Dass ein Pferd wie La Vie die Lektionen vollkommen freiwillig, in höchster Losgelassenheit und Eleganz ausführen konnte.

Und wenn sie das Video wirklich auf einer eigenen Facebook-Seite für La Vie hochladen würde? Sie hatte ihrem Bruder das Versprechen abgenommen, es bei sich zu löschen, denn Johannes hörte nicht auf, sie zu bedrängen, dass sie damit rausgehen musste. Doch was würden ihre Turnierkollegen dazu sagen? Die Mannschaft des Jugendperspektivkaders? Horst Ernst und die Koryphäen des Vielseitigkeitssports, an deren Meinung ihr immer noch so viel lag?

Sie konnten es jedenfalls nicht als irgendeine dumme Spielerei abtun, denn was auf dem Video zu sehen war, war ein dressurmäßig perfekt laufendes Pferd, das alles auch noch vollkommen freiwillig tat.

Doch wenn irgendwer sie fragen würde, wie man dahin kam, müsste sie Farbe bekennen. Müsste sie von einem Weg erzählen, der ganz viel damit zu tun hatte zu lernen, sich selbst von Moment zu Moment wahrzunehmen, Verantwortung für die eigenen Gefühle und Gedanken zu übernehmen, zu lernen, den eigenen Zustand durch Atmen und das Spüren des Körpers zu beeinflussen. Das allein war schon ein *No-Go* für Leute von Annes Schlag. Und dann würde sie ihnen sagen müssen, dass sie mit ihrem Pferd ständig Grenzen überschreiten mussten, um dahin zu kommen, wo sie mit La Vie war – nicht im Höher-Schneller-Weiter, sondern in der Tiefe des Vertrauens. Dass sie dazu auch zu ungewöhnlichen Mitteln greifen mussten, wie Rasensprengern und alten Matratzen. Spätestens da würde sie ganz allein dastehen.

Und die Freizeitreiter, die das alles vielleicht mitmachen würden, waren reiterlich einfach nicht in der Lage, eine L-Dressur oder ein L-Springen ohne Sattel und Trense zu absolvieren. Wem sollte es also etwas bringen, wenn sie damit an die Öffentlichkeit ginge? Paula spürte, wie ihr Herz schwer wurde. Irgendwie war es zum Verzweifeln ...

Das heiße Sommerwetter hielt an und draußen auf den Feldern war die Heuernte in vollem Gang. Paula machte mittlerweile mit La Vie auch Ausritte ohne alles. »Zur Sicherheit« trug der Wallach dabei, wie auch beim Springen, noch einen Halsring, aber tief drinnen wusste sie, dass sie auch den nicht wirklich brauchten. So unglaublich ihr es selbst noch schien, sie konnte ihr Pferd komplett mit Gewicht, Schenkeln und Stimme, ja sogar mit ihren Gedanken lenken und ihm dabei zu hundert Prozent vertrauen.

Auf dem Rückweg zum Hof kamen sie an einer Heuwiese vorbei. Ein riesengroßer Traktor zog eine Rundballenpresse hinter sich her und warf in regelmäßigem Abstand Heuballen von 1,50 Metern Durchmesser aus. La Vie hatte so etwas noch nie gesehen, aber anstatt wie jedes andere Pferd, das Paula kannte, im Angesicht der lärmenden, großen Maschinen seinen Fluchtinstinkt einzuschalten und panisch das Weite zu suchen, blieb er einfach interessiert am Rand der Wiese stehen und beobachtete alles genau.

Nachdem sie ihm etwas Zeit gegeben hatte, ließ Paula ihn antreten und ritt im Schritt auf die Maschinen zu. Sie achtete darauf, selbst in einem vollkommen entspannten Zustand zu bleiben und ihrem Pferd so zu vermitteln, dass es nichts gab, wovor man sich fürchten musste. Doch es schien, als sei das gar nicht nötig. Weder der moderne Riesentraktor noch die Ballenpresse konnten ihn aus der Ruhe bringen.

Paula ließ La Vie antraben und ritt nun neben der Ballenpresse her, die alle paar Minuten einen riesengroßen Ballen ausspuckte, der dann manchmal auch noch von allein ein paar Meter weiter rollte. Das juckte den Wallach gar nicht, ja es schien sogar, als wolle er eine Art Wettrennen mit der Presse machen, indem er so schnell trabte, dass er die Nase immer vorne hatte.

Paula winkte dem Bauern auf dem Traktor zu und ließ La Vie quer über die abgemähte Wiese galoppieren. Sie genoss die langsam einsetzende Abendfrische und das Hochgefühl, wie unglaublich cool ihr Kleiner war. Das konnte man echt keinem erzählen, dass ein noch vierjähriges Pferd ohne Sattel und Trense neben einer Rundballenpresse herlief und rein gar nichts Schlimmes daran fand.

Plötzlich fiel ihr der Rasensprenger ein. Sie hatte ihr Projekt, mit La Vie durch den laufenden Sprenger zu springen, total vergessen. Doch heute Abend schien ihr der perfekte Zeitpunkt, es zu tun. Paula konnte es plötzlich kaum erwarten, nach Hause zu kommen und den Rasensprengersprung zu machen. Und Johannes sollte sie dabei filmen!

Sie entschieden sich für die große Wiese, auf der die Natursprünge aufgebaut waren. Mit dem längsten Wasserschlauch, den sie finden konnten, war es so gerade möglich, die Verbindung zum Außenwasserhahn des Stallgebäudes herzustellen.

Paula zog ihre Reitkappe an, verzichtete aber weiter auf Sattel und Trense. Wenn schon, denn schon. Als Johannes den Rasensprenger auf die Springwiese zog und anstellte, nötigte das La Vie gerade mal einen kurzen Seitenblick ab.

Paula ließ ihn zuerst zwischen den Sprüngen ganz frei ein paar Dressur-Lektionen gehen, wie sie es seit ihrer bahnbrechenden Stunde mit Martin in den letzten Wochen immer wieder geübt hatten. Er lief wunderbar!

Sollte sie auch noch den Halsring abnehmen? Warum eigentlich nicht? Was sollte schon passieren? Sie wurde immer übermütiger. Und warum nicht einfach mal so springen?

Sie ritt einen Sprung an, die Mauer, und La Vie sprang so souverän, als habe er sein Lebtag nichts anderes getan. Es war ein berauschendes Gefühl von Freiheit, komplett ohne alles auf ihrem Pferd durch die Luft zu fliegen. Ohne Sattel fühlte Paula sich ohnehin so viel wohler und auch irgendwie sicherer, obwohl sie das keinem normalen Menschen erklären konnte.

Jetzt der Rasensprengersprung. Johannes hatte den Viereckregner erst mal auf die kleinste Reichweite von sieben Metern eingestellt. Paula ritt an, als der Regner auf der gegenüberliegenden Seite sprengte, sodass sie praktisch gegen die ihnen entgegenkommende Wasserwand galoppierten. Sie hatte das Gefühl, als würde La Vie einen Moment zögern. Weniger aus Angst, sondern vielmehr, weil er nicht sicher schien, was genau Paula von ihm in Bezug auf dieses komische Ding da verlangte.

142

Paula schnalzte auffordernd und ritt den Rasensprenger so entschieden an, wie sie gerade zuvor auch die Mauer angeritten war. Im selben Moment konnte sie spüren, wie La Vie umschaltete. Ah, darum ging es.

Er zog an wie vor einem normalen Sprung und gerade als die Wasserwand senkrecht stand, sprangen sie hindurch.

Paula quietschte auf beim Kontakt mit dem kalten Wasser und auch La Vie ließ sich ein paar Freudenhüpfer nach dem Sprung nicht nehmen. Gut, dass sie ohne Sattel auf ihm saß und so einen viel besseren Halt hatte.

Nachdem sie den Rasensprenger noch ein paar Mal in verschiedenen Reichweiten und Sprengrichtungen übersprungen hatten, waren sie und ihr Pferd pitschepatschenass und vor Glück im siebten Himmel, während Johannes aus allen möglichen Perspektiven fleißig filmte.

Plötzlich nahm Paula eine Gestalt am Rande der Wiese wahr.

Es brauchte einen Moment, bis ihr Gehirn sich von der ausgelassenen Stimmung, in der sie war, auf seinen gewohnten Betrieb umgestellt hatte.

Sie erkannte Anne.

Einen Moment sah Paula sich mit Annes Augen und hatte das Gefühl, sie müsste sich in Luft auflösen. Ein klitschnasses Mädchen in Jeans und T-Shirt, das ohne Sattel und Trense auf einem klitschnassen Pferd saß, mit dem sie soeben über einen Rasensprenger gesprungen war.

Dann wurde ihr bewusst, dass Anne sie vollkommen hilflos anstarrte, als würde sie gerade daran scheitern, der Situation vor ihren Augen irgendeinen Sinn abzuringen.

Paula ritt zu ihr herüber und blieb vor ihr stehen.

Anne rang immer noch um Fassung. Schließlich brachte sie stotternd heraus:»Deine Mutter meinte, ihr würdet hier hinten auf dem Springplatz ... also ... trainieren.«

Paula nickte. Plötzlich fühlte sie sich sehr stark und klar. »Ja«, gab sie zurück.»So was in der Art. Wir machen gerade ein Shooting für meine neue Facebook-Seite.« Sie hatte keine Ahnung, wo das jetzt gerade hergekommen war.

Anne sah immer noch vollkommen verwirrt aus, darauf schien sie noch weniger antworten zu können als auf das, was sie gerade gesehen hatte.

»Kann dir gerne den Link schicken«, fügte Paula betont lässig hinzu.»Und jetzt entschuldigst du mich bitte? Ich muss Johannes helfen, alles wieder abzubauen.«

Paula war froh, dass sie La Vie auf ein unmerkliches Zeichen drei Schritte rückwärtsrichten und nach einem Kurzkehrt zurück zu Johannes galoppieren konnte.

Als sie sich das nächste Mal umblickte, war Anne verschwunden.

# 12.

Klar war sie geflüchtet. Vor Anne und vor dem, was sie fragen oder sagen könnte. Aber wie lange wollte sie eigentlich noch in zwei Welten leben, die angeblich nichts miteinander zu tun hatten? Wo sich doch ihre Turnierleistungen ganz klar aus ihrer Bodenarbeit und ihre Bodenarbeit aus ihren Turnierleistungen speiste. Vielleicht war es auch kein Zufall, dass Anne ausgerechnet in diesem Moment aufgetaucht war. Damit Paula endlich Farbe bekennen musste.

Noch am selben Abend öffnete sie auf Facebook die Seite *La Vie. Mein Pferd zum Verlieben.* Als ersten Post stellte sie das Video vom Sprung durch den Rasensprenger ein, der dazugehörige Beitrag floss ihr nur so in die Tasten:

*Was für ein krasses Pferd!*

*Mein fast fünfjähriger La Vie und ich wollten heute eigentlich nur gemütlich ausreiten ohne Sattel und Trense. Doch auf der großen Heuwiese musste er dann erst mal mit einer Rundballenpresse ein Wettrennen veranstalten. Er hat natürlich gewonnen!*

*Als ich auf dem Rückweg am Springplatz vorbeikam, kribbelte es aber dann doch zu sehr in meinen Fingern. Wir ritten zunächst mit Halsring und ohne Sattel ein paar L-Lektionen zwischen den Sprüngen. Aber wozu brauchen wir eigentlich den Halsring,*

145

*wenn es Schenkel und Gewichtshilfen gibt? Weiter ging es also ganz ohne Halsring, Trense oder Sattel. Lediglich die Gerte hatte ich noch in der Hand. La Vie war superaufmerksam und reagierte perfekt auf die Gewichtsverlagerungen und Stimme!*

*Aber da waren ja noch die Sprünge ... Nun ja, kurzerhand entschloss ich mich, einfach mal gegen die Mauer zu reiten. Und schwups ... da flog er auch schon los. Es war soooo ein tolles Gefühl! Einfach vollkommen frei zu reiten und das Vertrauen zum Partner, dem Pferd, zu spüren!*

*Dann kam der Test: Würde er so mit mir auch durch den laufenden Rasensprenger springen? Seht selbst, mein Bruder Johannes hat's gefilmt!!! Wir sind meganass geworden, aber hatten auch megaviel Spaß.*

*Zur Belohnung habe ich ihn danach auf dem Springplatz gelassen. Da schmeckt das Gras anscheinend viel besser.*

*Fröhlich lief ich los und absolvierte meine heutige Laufstrecke mit guter Laune! Als ich wieder heimkam, erwartete mich La Vie grinsend mitten auf dem Hof und schaute sich Mamas Blumengarten an. Am Springplatz sah man dann ganz genau die Hufabdrücke vor und hinter dem doch recht hohen Weidetor. Ich glaube, dass er wirklich Gefallen am Springen gefunden hat.*

*Bald gibt es hier mehr von uns.*

*Eure Paula & La Vie*

Als Paula am nächsten Morgen aufwachte, schien die Sonne schon ins Zimmer. Sie hatte verschlafen, aber egal. Irgendwie fühlte sie sich grundlos glücklich.

Plötzlich durchfuhr sie ein Schreck, und ihr fiel wieder ein, was gestern geschehen war: Sie hatte in einem unmöglichen

Aufzug Anne stehen lassen und dann noch für La Vie eine Facebook-Seite eröffnet. Oje, was hatte sie nur getan?

Schnell griff Paula nach ihrem Handy. Vielleicht hatte es ja noch keiner bemerkt und sie konnte die Seite einfach löschen! Doch ihr Video hatte schon 76 »Gefällt mir«-Angaben und viele Kommentare, die alle sehr ähnlich klangen.

*»Super Vertrauen habt ihr.«*

*»Das ist ja der Hammer, wie dein Pferd dir vertraut.«*

*»Wie machst du das, dass er dir so vertraut?«*

*»Ich wünsche mir, dass mein Pferd mir auch mal so vertraut.«*

Paula ließ das Handy sinken und atmete einmal tief durch. Jetzt gab es keinen Weg zurück. Und wer weiß, vielleicht konnten sie und La Vie wirklich einen kleinen Beitrag dazu leisten, dass Pferde und Menschen sich besser verstanden und mehr vertrauten.

In Gedanken an Anne tippte Paula gleich den nächsten Post auf ihrer neuen Seite:

*Danke für alle eure tollen Kommentare zu unserem Video. Hinter dem, was ihr da seht, steckt viel Training und Arbeit am »Fundament« von Vertrauen und gegenseitigem Respekt. La Vie und ich machen außerdem nicht nur solche verrückten Sachen, wir nehmen auch regelmäßig an Turnieren teil. Vor Kurzem hat mein Süßer seine erste Vielseitigkeitsprüfung gewonnen und schon drei Qualifikationen für das Bundeschampionat der Jungpferde holen können. Bodenarbeit und Turniersport ist nicht eine Schere, die auseinandergeht. Das sind zwei Dinge, die sich super ergänzen. Und mit denen zusammen man ganz viel erreichen kann.*

*Viele trauen sich da ja nicht ran. Die trauen sich nicht an die Bodenarbeit, weil sie denken: Ich bin Turnierreiterin und muss jetzt nur auf Erfolg reiten. Und wenn ich mit meinem Pferd so einen »Quatsch« mache, dann komme ich nicht weiter! Aber genau das ist der falsche Gedanke. Es ist ja im Sport so, dass das Pferd unser Partner ist. Und genau so, wie wir woanders im Team arbeiten, ist es auch im Sport: Jeder Teampartner hat was zu sagen, nicht nur der Reiter. La Vies Neugier bringt mich immer wieder auf neue Ideen. Ich liebe ihn und könnte mir ein Leben ohne dieses traumhafte Pferd nicht vorstellen.*

*Eure Paula & La Vie*

# 13.

Seit ihre Facebook-Seite online war, hatte Paulas Leben sich grundlegend verändert. Sie machte immer noch dasselbe wie vorher – Stunden bei Nadine und Martin nehmen, Turniere reiten und weiter an der Bodenarbeit feilen. Johannes und sie dachten sich auch immer neue Herausforderungen für die Pferde aus; ob riesengroße Raschelplanen oder selbst gebaute Klappersäcke, La Vie fand all das im Gegensatz zu Valentino einfach nur lustig.

Doch plötzlich nahmen fremde Menschen Anteil an alldem. Und es wurden immer mehr. Paula konnte es sich selbst nicht erklären, aber ihre Seite *La Vie. Mein Pferd zum Verlieben* bekam jeden Tag mehr Fans. Es waren vor allem Mädchen in ihrem Alter aus der Freizeitreiterszene, die jeden neuen Beitrag von Paula wie verrückt mit *Gefällt mir* versahen, teilten und kommentierten.

Einerseits war es ein wahnsinnig tolles Gefühl, so viel Zuspruch zu finden, und es spornte Paula an, immer ausgefallenere Posts, Fotos und Videos von sich und La Vie hochzuladen. Aber in ihrem Herzen wünschte sie sich, dass auch ihre Turnierkolleginnen, dass Anne oder sogar jemand aus dem Perspektivkader ihre Seite sah und mit einem *Like* versah. Doch aus dieser Richtung kam rein gar nichts.

Das, was sie zu geben hatte, kam offenbar nicht bei den Leuten an, die es aus Paulas Sicht am dringendsten brauchten, und das machte sie traurig und wurmte sie auch. Die merkwürdige Spaltung, in der sie die ganze Zeit gelebt hatte – auf der einen Seite ihr öffentliches Turnierleben und auf der anderen Seite ihr »geheimes« Bodenarbeitsleben – war mit der Veröffentlichung ihrer Facebook-Seite nicht verschwunden, sie hatte sich einfach nur verschoben! Für die Turnierszene schien das, was sie mit La Vie tat, immer noch ein Buch mit sieben Siegeln. Und keiner interessierte sich dafür, auch nur eines dieser Siegel zu öffnen.

Dass es noch viel schlimmer war, bekam Paula auf ihrem ersten Turnier nach dem Durchstarten ihrer Facebook-Seite mehr als deutlich zu spüren. Sie war für die L-Dressur und das A-Springen gemeldet, das beides am selben Tag stattfand. Zusätzlich versprach es, ein ungewöhnlich heißer Spätsommertag zu werden, wenn die Dressurprüfung auch zum Glück schon um 8 Uhr begann.

Auf dem Abreiteplatz konnte Paula nicht umhin, ein Mädchen in ihrem Alter zu bemerken, das einen wunderschönen Trakehner ritt, der jedoch schon schweißnass war. Kein Wunder, denn sie traktierte den armen Kerl ständig mit ihren langen Sporen und hebelte ihn mit dem Kandarenzügel zusammen, während ihre Freundin sie dabei auch noch filmte. Einen Moment war Paula versucht, etwas zu sagen oder gleich La Vie Sattel und Kandare abzunehmen, um zu demonstrieren, dass es auch ganz anders ging, aber nachdem sie schon als Zweite dran war, würde sie es nicht schaffen, ihr Pferd für die Prüfung rechtzeitig wieder zu satteln und zu trensen.

Es wurde die L3 geritten, die Paula und La Vie mittlerweile selbst ohne Trense und Sattel aus dem Effeff beherrschten. Entsprechend bestanden sie die Prüfung mit der Traumnote 9,0 und landeten auf dem ersten Platz. Besonders freute Paula die Bemerkung des Wertungsrichters, der die goldene Siegerschleife an La Vies Trense befestigte und für alle Umstehenden laut vernehmlich sagte: »Es ist eine Freude, in der Turnierwelt mal ein solches Pferd-Mensch-Paar zu sehen wie euch beide.«

Als sie nach der Ehrenrunde den Platz verließ, sah sie aus den Augenwinkeln das Mädchen, das den Trakehner geritten hatte, und ihre Freundin beisammenstehen und über sie tuscheln. Kein Wunder, dass sie nicht platziert worden war, dachte Paula, ihre Reitweise war ja schon fast tierschutzwidrig gewesen.

Nachdem das A-Springen erst um zwei Uhr starten sollte, beschloss Paula, ihrem Schatz zum Ausgleich erst einmal die Freiheit zu gönnen, die sie beide so liebten. Sie nahm La Vie Sattel und Trense ab, schwang sich auf seinen Rücken und ritt quer über den Turnierplatz. Beim Abreiten hatte sie ein abgemähtes Feld entdeckt und dahinter ein schattiges Waldstück, wo La Vie sich besser entspannen und erfrischen konnte, als in der Hitze stundenlang am Hänger zu stehen und zu warten.

Als Paula zwei Stunden später wieder über das Feld zurück zum Turnierplatz galoppierte, staunte sie nicht schlecht: Am Eingang wurde sie von einem Ordner erwartet, der sie streng anging: »Steig sofort ab und zieh deinem Pferd ein Halfter an!«

»Kann ich wenigstens zu meinem Hänger reiten?«, gab Paula verdattert zurück.

»Sofort runter vom Pferd«, blaffte der Ordner und wollte sie schon am Bein runterziehen.

Schnell ließ Paula sich von La Vie gleiten. Sie atmete einmal tief durch. »Kann ich denn jetzt so zu meinem Hänger gehen?« »Das Pferd muss ein Halfter tragen, um den Turnierplatz zu betreten«, insistierte der Ordner.

Paula schüttelte verzweifelt den Kopf. »Aber ich habe doch keins hier. Können Sie mir bitte erklären, was überhaupt das Problem ist?«

»Es liegt gegen dich eine Anzeige bei der Turnierleitung vor. Eine Teilnehmerin hat sich durch das unverantwortliche Freilaufenlassen deines Pferdes auf einem vollbesetzten Turnierplatz bedroht gefühlt. Wenn du dein Pferd nicht sofort mit der angemessenen Ausrüstung ausstattest, muss die Turnierleitung dich von der weiteren Teilnahme disqualifizieren.«

Paula hatte das Gefühl, in einem schlechten Film zu sein. Hilfe suchend schaute sie sich um, als ihr Blick auf das Mädchen vom Abreiteplatz und ihre Freundin fiel, die die Szene in einigem Abstand mit dem Handy filmten.

Plötzlich wurde Paula klar, wem sie das Ganze zu verdanken hatte. »Hey, hört sofort auf damit«, rief sie empört aus, doch die beiden Mädchen lachten nur hämisch und filmten weiter.

Sie fühlte sich so hilflos. Natürlich wäre es kein Problem, auf die beiden zuzusprinten und ihnen das Handy abzunehmen, aber La Vie käme ihr mit Sicherheit hinterhergelaufen, und dann würde es einen Riesenaufstand geben, und sie würden mit Sicherheit disqualifiziert. Sie starrte zu den beiden hinüber. Warum waren sie nur so fies zu ihr, sie hatte ihnen doch nichts getan?

»Hau hier ab und geh mit deinem Gaul durch Rasensprenger hüpfen«, feixte das Trakehnermädchen. »So eine wie du hat auf einem Turnierplatz nichts zu suchen!«

Bei Paula fiel der Groschen. Die beiden wussten sehr genau, wer sie war, und fühlten sich durch ihre Posts auf Facebook offenbar irritiert und angegriffen. Dass der Richter Paula für ihre Arbeit auch noch so gelobt hatte, während sie selbst noch nicht mal platziert wurde, musste für das Mädchen dem Ganzen die Krone aufgesetzt haben.

Für einen Moment wollten Paula Tränen in die Augen schießen, doch sie schluckte sie herunter. Die Blöße wurde sie sich jetzt nicht geben.

La Vie, der in alldem wie ein Lämmchen neben ihr gestanden hatte, legte seinen Kopf auf ihre Schulter.

»Ach, Süßer. Was sollen wir jetzt tun?«, murmelte sie. »Wie kommen wir denn zurück zu unserem Hänger?«

Plötzlich trat eine ältere Frau an sie und La Vie heran. »Du bist Paula Lippold, nicht wahr? Meine jüngere Tochter bewundert dich und dein Pferd total.«

Sie reichte Paula ihr Halfter und deutete mit dem Kopf zu den beiden feixenden Mädchen. »Die sind doch nur neidisch.«

Paula schüttelte den Kopf. Die beiden hatten ihr Ziel erreicht. Das Turnier war für sie gelaufen, so oder so.

# 14.

Johannes' Tage auf dem elterlichen Hof waren gezählt. Bald würden er und Valentino nach Süddeutschland gehen, wo er in einer Schmiede seine Ausbildung beginnen würde.

»Wie sollen La Vie und ich ohne dich und Valentino hier nur weitermachen?«, meinte Paula, als sie nach einem gemeinsamen Training bei ihren beiden Pferden auf der Weide saßen. »Keiner mehr da, der mit irgendwelchen abgefahrenen Ideen und Tricks kommt, sie mit mir zusammen umsetzt und mich und La Vie auch noch dabei filmt.«

»Deine Facebookseite wird verdammt dünn werden«, versuchte Johannes zu scherzen, aber er konnte Paula nicht aus ihrer trübseligen Stimmung reißen.

Mit einem Blick auf La Vie und Valentino meinte sie:»Die beiden Buben werden sich auch total vermissen.«

»Ich weiß«, gab Johannes zurück.»Aber was soll ich denn machen? Ich bin ja froh, dass ich überhaupt eine Schmiede gefunden habe, wo ich mit Pferd unterkommen kann. Und einen Chef, der Verständnis dafür hat.«

Nach einer Pause fügte er leise hinzu:»Außerdem will ich endlich meinen eigenen Kanal starten.«

»Schon klar«, seufzte Paula.

Johannes räusperte sich.»Im Ernst, Schwesterherz. Hast du

schon mal überlegt, alles, was wir bis jetzt entwickelt haben, irgendwie zusammenzubringen?«

Er klang nicht so, als sei ihm die Idee gerade eben erst gekommen.

»Wie meinst du das?«, gab Paula zurück.

Johannes blickte seine Schwester an. »Du könntest zum Beispiel eine eigene kleine Show oder so was auf die Beine stellen.«

»Auf gar keinen Fall!« Die Worte rutschten Paula so schnell raus, dass sie selbst fast erschrak. Dann fügte sie hinzu: »Ich bin einfach nicht der Show-Typ, Johannes. Das ist dein Ding.«

»Hallo? Du bist nicht der Show-Typ?«, protestierte ihr Bruder. »Wie bist du denn drauf? Du machst mit deinem Pferd vollkommen frei die abgefahrensten Sachen. Das schreit doch nach einer Show!«

»Na ja, was auf Facebook einzustellen ist eine Sache, aber ich will damit echt nicht live rausgehen. Das ist mir zu bunt«, wiegelte Paula ab. »Ich könnte mir eher vorstellen, die Bodenarbeit und das Fundament interessierten Mädels und ihren Pferden zu vermitteln, vielleicht in einem Camp oder Lehrgang.«

»Aber dazu müssen die Leute doch erst mal sehen, was alles mit einem Pferd möglich ist«, gab ihr Bruder zu bedenken. »Und dazu musst du es der Welt erst einmal zeigen.«

Paula zuckte resigniert mit den Schultern. »Wenn die Welt es sehen will. Und das glaube ich eher nicht ...«

»Überleg's dir«, beharrte Johannes und blickte sie dabei irgendwie merkwürdig an.

»Wie meinst du das? Gibt es irgendwas, was ich wissen muss?«, gab Paula leicht irritiert zurück.

Johannes schüttelte unschuldig den Kopf. »Nix. Einfach so.«

Seit Paulas Seite auf Facebook beliebter und beliebter wurde, bekam sie immer wieder Anfragen für Shootings von jungen Pferdefotografinnen, die von ihrer wachsenden Bekanntheit profitieren wollten. Bis jetzt hatte sie jedes Mal abgelehnt. Ihr war es wichtig, Menschen inhaltlich etwas zu vermitteln und als Beispiel dafür zu dienen, was mit einem Pferd alles ging, wenn das Fundament stimmte. Und nicht, sich in irgendwelchen Kleidchen im Abendlicht auf dem blanken Pferderücken ablichten zu lassen.

Als Nico Neubert mit ihrer Kamera plötzlich auf dem Hof der Lippolds stand, war Paula im ersten Moment fast sauer. Glaubten die Leute denn, dass sie überhaupt keine Privatsphäre hatte? Das waren jetzt ihre letzten zwei Wochen mit Johannes und sie wollten noch so viel wie möglich zusammen ausprobieren.

Doch irgendwie spürte sie eine Verbindung zu dem schmalen Mädchen, das nicht wesentlich älter sein konnte als sie selbst.

»Hey sorry, ich weiß, das ist der totale Überfall«, gab Nico gleich mit einem entwaffnenden Lächeln zu. »Aber ich musste dich und deinen La Vie einfach mal live kennenlernen und da habe ich mir 'ne Fahrkarte geholt und bin den Rest Weg zu eurem Hof zu Fuß gelaufen.«

Paula blickte sie erstaunt an. »Da warst du aber vom Bahnhof eine echte Strecke unterwegs.«

Nico lachte auf. »Jetzt qualmen mir auch ganz schön die Socken. Ist das für dich okay, wenn ich mir grade mal die Schuhe ausziehe?«

Gegen ihren Willen musste Paula lachen. Diese Nico war wirklich schräg, aber irgendwie sympathisch.

»Alles gut. Mein Bruder Johannes und ich wollten grade ein

bisschen was mit den Pferden machen. Bleib halt hier, wenn du schon mal da bist.«

»Nein, wie krass. Du meinst, ich darf zuschauen? Und vielleicht ...« Jetzt grinste sie schelmisch. »... das eine oder andere Foto machen?«

Paula zögerte einen Moment. Dann sagte sie: »Nur unter der Bedingung, dass ich die Fotos abnicken kann, bevor irgendwas in die sozialen Medien geht.«

»Ja, voll cool. Klar. Kein Problem«, gab Nico sofort zurück.

»Wieso hast du eigentlich so einen merkwürdigen Namen?« hakte Paula nach.

»Eigentlich Nicoletta, aber das ist mir zu girlie«, gab Nico zurück.

Paula nickte. Die war echt. Die passte irgendwie zum Lippold-Clan.

Nico entpuppte sich als eine äußerst kreative Fotografin, die überdies einen guten Draht zu Pferden hatte. La Vie jedenfalls liebte es, sich für sie in Szene zu setzen.

Außerdem stand sie Johannes an verrückten Ideen in nichts nach. Sie waren auf dem abgemähten Feld hinter dem Hof und probierten verschiedene Stunts über »wackelnde« Oxer aus. Nico und Jojo hielten als Oxerstange eine blaue Schaumstoffstange und Paula setzte mit La Vie ohne Sattel und Trense einfach drüber.

Plötzlich zog Nico ein riesengroßes, knallbuntes Schwungtuch aus ihrem Rucksack. »Schon mal mit so was geritten?«

Johannes sprang sofort auf die Idee an. »Wie krass ist das denn? Dass wir da noch nicht selbst drauf gekommen sind ...«

Nico lächelte ihm keck zu. »Dafür bin ich ja jetzt da.«

Sie wandte sich an Paula: »Ich dachte, du galoppierst einfach voll Stoff über die Wiese und ziehst das hinter dir her. Das sieht echt mega aus, da kriegen wir richtig geile Fotos.«

Paula war ebenfalls sofort Feuer und Flamme. »Ja, cool. Probieren wir sofort aus.«

Sie ließ La Vie erst mal an dem Tuch schnuppern, faltete es dann vor seiner Nase aus und wedelte damit vor ihm herum.

Es kratzte ihn nicht die Bohne.

Dann rannte sie einfach los und zog das Tuch hinter sich her.

La Vie schaute Paula interessiert zu, zeigte aber wieder keine Reaktion.

»Der ist ja die voll coole Socke«, meinte Nico bewundernd.

»Aufs Pferd und los!«, übernahm Johannes das Kommando. »Ich filme euch und Nico schießt Fotos.«

Paula zog ihre Kappe an und Johannes schmiss sie ohne Sattel auf den Rücken von La Vie.

Sie hatten das Schwungtuch wie einen Umhang über die Pferdekruppe drapiert, und als Paula angaloppierte und es über ihren Kopf hielt, griff der Wind unter das Tuch und blies es wie einen offenen Fallschirm hinter ihr her. Es sah wirklich unglaublich aus. Und das Beste war, dass selbst das riesengroße flatternde Tuch La Vie nicht für eine Sekunde irritierte oder gar verängstigte.

Johannes war außer sich. »Ich glaube es nicht. Wenn ihr sehen würdet, wie krass das auf Film aussieht, die Nummer mit dem Tuch wird dich berühmt machen, glaube mir!«

Nico stupste ihn lachend an. »Hey, mich hoffentlich auch, war schließlich meine Idee!«

In seiner Euphorie fiel er Nico spontan um den Hals. »Uns alle. Das weiß ich einfach. Uns alle!«

*Heute hatten wir ein superschönes Fotoshooting! Die liebe Nico von N.N.Photography hat echt alles gegeben. Es war ein supertolles Shooting draußen auf dem Feld mit dem Riesenschwungtuch, was la Vie und ich im Galopp vollkommen frei hinter uns herzogen. Mein Schatz war wieder die Coolness in Person. Danke, Nico, für diesen tollen Tag! Ich hoffe, dass es nicht das letzte Shooting mit dir war. La Vie und ich würden uns total freuen, dich ein weiteres Mal zu sehen. Ich bin immer noch megageflasht von den Bildern mit dem Tuch. Einfach der Hammer. Das Schönste war, dass La Vie am Ende, als alles fertig war, sich abgelegt hat und einfach mit seinem Kopf auf meinen Beinen liegen geblieben ist. Es war so ein tolles Gefühl. Du bist mein allerbester Freund! Ich liebe dich so sehr ...*

# 15.

Paulas Leben war ganz schön voll im Moment. Wie erwartet, war das Fotoshooting mit dem Schwungtuch auf La Vies Facebook-Seite eingeschlagen wie eine Bombe, und ihre Fan-Zahlen knackten die 10 000. Paula versuchte, sich von alldem nicht allzu sehr ablenken zu lassen und neben ihren Dressur- und Springstunden bei Nadine und Martin auch das Geländetraining für ihre nächste Vielseitigkeitsprüfung nicht zu vernachlässigen.

Gerade waren sie und La Vie kaputt, aber glücklich von einem schönen Ausritt über fast drei Stunden zurückgekommen, auf dem Paula jedes natürliche Geländehindernis mitgenommen hatte, das sich ihr bot. Über Gräben und Baumstämme, durch Bäche und flache Teiche war es gegangen, und auch da hörte ihr Pferd nicht auf, sie zu beeindrucken. Der Wallach nahm einfach jedes Hindernis unerschrocken wie ein alter Vielseitigkeits-Profi.

Und schon erwartete sie die nächste Überraschung. Ein Anruf, dass sie beim Vielseitigkeitslehrgang von Hein Kerkhaus, der rechten Hand von Horst Ernst, nachgerutscht waren. Schon morgen würden sie und La Vie ins Ausbildungszentrum Luhmühlen fahren.

Paula spürte vor Aufregung tausend Schmetterlinge im Bauch. Das AZL! Es war das erste Mal seit ihrem Unfall mit Bogart, dass sie wieder mit der Leistungsklasse der Vielseitigkeitsszene in Kontakt kam. Wie würde Hein La Vie einschätzen? Sicher würde er Horst Ernst davon berichten, dass er ihr neues »Wunderpferd« kennengelernt hatte. Und wie würden die anderen Teilnehmer auf ihre Facebook-Popularität reagieren? Anne würde Gott sei Dank nicht da sein, denn der Kader trainierte am DOKR in Warendorf.

Johannes war einfach nur sauer. »Das kann nicht dein Ernst sein! Mein letztes Wochenende zu Hause und du willst auf irgend so einen blöden Lehrgang? Das kannst du ja wohl auch wann anders machen!«

»Es ist nicht *irgendein* Lehrgang und das weißt du genau. Hein Kerkhaus ist der Assistent von Horst Ernst«, erklärte Paula betont geduldig.

»Und?«, blaffte Johannes.

»Mensch, Jojo, jetzt lass uns das doch nicht schon wieder durchkauen«, gab Paula nun ebenfalls leicht genervt zurück. »Du weißt genau, was mir der Perspektivkader bedeutet, und der Lehrgang ist einfach eine große Chance, schon mal mit La Vie einen guten Eindruck zu machen. Und natürlich auch reiterlich weiterzukommen.«

Johannes schüttelte enttäuscht den Kopf. »Und dass wir mit den Pferden noch ein paar besondere Tricks üben und mit der Bodenarbeit weiterkommen wollten, zählt überhaupt nichts.«

Paula rollte mit den Augen. »Du bist doch in ein paar Wochen eh wieder hier, dann machen wir das eben dann.«

»Du kapierst es einfach nicht.« Johannes war jetzt richtig wütend. »Du hast immer noch nicht kapiert, was wirklich zählt.

Sobald dieser scheiß Kader ruft, bist du wie ein hypnotisiertes Kaninchen und schmeißt sofort alles weg, was dich und La Vie ausmacht.«

»Niemand schmeißt hier irgendwas weg!« Paula wurde nun auch sauer. »Aber im Gegensatz zu dir erkenne ich meine Chancen und ergreife sie.«

Sobald ihr die Worte rausgerutscht waren, schlug sie die Hand auf den Mund. »Tut mir leid, das habe ich nicht so gemeint«, flüsterte sie schnell.

Johannes war blass geworden. »Schon verstanden. Ich bin hier nur der Loser-Bruder des aufstrebenden Sterns am Reithimmel, Paula Lippold.«

»Bitte, Jojo, ich hab's nicht so gemeint ...«, versuchte Paula, ihn zu besänftigen.

Doch Johannes drehte sich einfach wortlos um und ließ sie stehen.

»Mist«, flüsterte sie. Was sollte sie jetzt tun? Nicht fahren? Das kam einfach nicht infrage. Warum konnte Johannes es nicht mal aus ihrer Perspektive sehen? Und vor allem akzeptieren, dass sie war, wer sie war. Dass sie beides ausmachte, die von ihm so heiß geliebte Bodenarbeit und der Turniersport.

Paula atmete tief durch. Sie musste fahren. Das Wochenende in Luhmühlen war einfach wichtiger als ein beliebiges Training mit Johannes zu Hause. Auch wenn es sein letztes Wochenende war. Vielleicht konnte sie ja am Sonntagnachmittag noch etwas mit ihm unternehmen. Wenn er nicht mehr sauer war ...

Am frühen Freitagmorgen würde es also mit »Taxi Papa« nach Luhmühlen gehen, sie musste gleich zur ersten Geländeein-

heit startklar sein. Samstagvormittag stand dann eine Dressureinheit, nachmittags eine Springeinheit an. Sonntag würden
sie sich nach einem erneuten Geländetraining wieder auf den
Heimweg machen. War ganz schön dicht gepackt. Natürlich
würde sie über das Training auch ausführlichst auf ihrer Facebook-Seite berichten müssen. Sie wusste gerade wirklich nicht,
wo ihr der Kopf stand!

*Ihr Lieben, hier kommt meine erste Meldung von La Vies und
meinem Lehrgang in Luhmühlen. Papa und ich sind gut durch
den Verkehr gekommen, waren nach drei Stunden Fahrt in Luhmühlen und konnten sofort am Ausbildungszentrum einstallen!
Nachdem ich La Vie etwas grasen gelassen habe, erkundete er
seine Box, und ich konnte in Ruhe die Klamotten ausräumen. Er
fing sofort an zu fressen, was ja bekanntlich ein gutes Zeichen
ist.*

*Nach einer kurzen Eingewöhnung ging es dann los mit der ers-
ten Geländeeinheit. Wir konzentrierten uns auf einige Treppen
und Auf- und Tiefsprünge sowie kleine Gräben und Trakehner.
Auch Ein- und Aussprünge aus dem Wasser waren dabei. Es hat
wirklich Spaß gemacht und La Vie lief über den Geländeplatz
wie ein alter Hase. Unser Trainer Hein Kerkhaus (Assistent von
Bundeskader-Trainer Horst Ernst) war von ihm ziemlich beeindruckt und meinte, mit den Nerven und der Leistungsbereitschaft
könnte er in der Vielseitigkeit eine große Karriere vor sich haben.
Das hat mich natürlich megastolz gemacht. Morgen Vormittag
geht es dann mit der Dressur und am Nachmittag mit dem Springen weiter. Ich freue mich drauf und hoffe auf gutes Wetter!*

*Nachdem mein Süßer ein bisschen auf der Wiese gechillt hat-*

*te, habe ich mir noch etwas Neues mit ihm ausgedacht. Ich hatte meine Laufklamotten dabei und wollte die Umgebung erkunden und einen Trainingslauf starten. Nachdem ich die letzten Tage Hüftschmerzen beim Laufen hatte, dachte ich mir, dass ich mir zur Sicherheit einen »Träger« mitnehmen könnte. Schnell holte ich La Vie von der Wiese und nahm ihn mit auf unsere erste gemeinsame Laufrunde! So joggten wir frei nebeneinanderher ... Er blieb so brav an meiner Seite, dass ich ihn sicherlich öfters mitnehmen werde. Damit schlage ich zwei Fliegen mit einer Klappe und habe von nun an immer einen treuen Begleiter beim Laufen!*

*Zum Abschluss verlegte ich dann noch meine Dehnübungen aufs Pferd, auch wenn ich mich dabei kaputtlachen musste. Doch La Vie fand es nicht weiter bemerkenswert ...*

Paula zögerte einen Moment, ob sie auf ihrer Facebook-Seite auch darüber berichten sollte, wie es weitergegangen war. Eine Lehrgangsteilnehmerin war noch mal zum Stall gekommen, als Paula gerade auf La Vie herumturnte. Zugegeben, von außen musste es schon mehr als merkwürdig ausgesehen haben.

Das Mädchen hatte sie einen Moment wortlos angestarrt und sich dann abrupt umgedreht und war gegangen. Paula war sicher, dass sie den anderen davon erzählen würde:

*Die ist total strange, die hampelt gerade in Joggingklamotten ohne Sattel und Trense auf ihrem Pferd rum und lacht sich dabei kaputt,* so oder so ähnlich würde es wohl klingen.

Sie seufzte tief auf. »Was soll's«, sagte sie laut zu sich. »Die wissen eh nicht, wo sie uns einordnen sollen. Sind wir eben mal wieder der bunte Hund.«

Sie beendete schnell ihren Post:

*Morgen berichte ich euch weiter!*
*Aus Luhmühlen grüßen*
*Paula und La Vie*

Der zweite Trainingstag verlief in jeder Hinsicht erfolgreich. Paula entspannte sich ein wenig. Vielleicht war sie einfach zu empfindlich geworden, was Kritik von außen anging. In bester Stimmung schrieb sie ihren Post vom zweiten Tag:

*Ihr Lieben, heute Morgen gab es eine Dressurstunde. Der Schwerpunkt lag auf der Losgelassenheit und auf dem Reitersitz, und ich darf sagen, da kann uns seit dem Training von Martin echt keiner das Wasser reichen. Als alle fertig waren, habe ich meinem Schatz wie immer Sattel und Trense abgenommen und bin noch einige Dressur-Lektionen ohne alles geritten. La Vie springt den fliegenden Galoppwechsel so »nackig« jetzt superschön, eigentlich viel schöner als mit Sattel. Hein hat uns zugesehen, aber nichts gesagt. Auch ein paar Lehrgangsteilnehmer haben es sich aus der Ferne angeschaut.*

*Ich glaube nicht, dass irgendwer das kritisieren kann, was wir machen. La Vie läuft frei in so perfekter Versammlung und Aufrichtung, das soll uns erst mal einer nachmachen! Viele Reiter haben ja schon mit Sattel und Zaumzeug dabei zu kämpfen (... oder gerade deswegen??). Es war jedenfalls ein wunderschöner Vormittag.*

*La Vie durfte sich ausruhen, während ich allein eine Laufrunde um Luhmühlen gedreht habe. Dann schlüpfte ich wieder in meine Reitsachen, um zum Springtraining zu gehen. Darüber gibt es nicht viel zu berichten, außer dass mein Schatz total rou-*

*tiniert und mit einem super Gefühl für Distanzen über den Parcours ging. Hein war von ihm absolut begeistert.*

*Morgen ist schon unser letzter Tag.*

*Aus Luhmühlen grüßen*

*Paula und La Vie*

Ihren letzten Luhmühlen-Post tippte Paula ins Handy, während sie mit ihrem Vater und dem Pferdeanhänger im Auto schon Richtung Heimat rumpelte.

*Ihr Lieben, hier kommt mein dritter Bericht. Wir sind nun auf dem Rückweg von Luhmühlen. Der Lehrgang war einfach fantastisch. Heute gab es noch eine Geländeeinheit für Pferd und Reiter. Wir waren dieses Mal auf einem anderen Geländeplatz als Freitag. Wir erarbeiteten uns weitere Gräben und kleine Stufen sowie Wassereinheiten. Mir hat an diesem Lehrgang ganz besonders die Herangehensweise, in vielen kleinen Schritten zu arbeiten, gefallen. Das Ziel war es nicht, über ein höheres Grundtempo die Aufgaben zu meistern, sondern dem Pferd die Chance zu geben, die Aufgabe zu erkennen und mit einem guten Gefühl die Sprünge überwinden zu können. Gerade für La Vie war dies ein toller Weg, da er mit seinen fünf Jahren nicht überrumpelt werden soll (wenn das überhaupt möglich ist, diese coole Socke aus der Ruhe zu bringen)! Auch ein ausbalancierter Reitersitz stand im Vordergrund und wurde stets von unserem Trainer gefordert.*

*Und am Ende gab es eine große Überraschung: Hein Kerkhaus meinte, dass La Vie und ich hundertprozentig das Zeug hätten, nächstes Jahr in den Jugend-Perspektivkader aufgenommen zu* werden. *Und dass er uns Horst Ernst, dem Cheftrainer des Kaders, empfehlen will. Das war bestimmt nicht unser letzter Lehrgang am AZL und vor allem nicht bei Hein Kerkhaus!*

*Fast schon von zu Hause grüßen*
*Paula und La Vie*

Wenn sie ehrlich war, fühlte Paula sich nicht ganz so euphorisch, wie sie sich in ihrem Post gegeben hatte. Was sie geschrieben hatte, war nur die halbe Wahrheit.

Einen Augenblick verloren sich ihre Gedanken in der Szene mit Hein Kerkhaus. Nach der letzten Geländeeinheit hatte der Trainer La Vies Talent und Temperament noch einmal über den grünen Klee gelobt. »Der Gaul hat echt Olympia-Qualitäten. Ich sage Horst gleich, dass ihr nächstes Jahr für den Kader definitiv auf meiner Liste seid«, waren seine Worte gewesen. Paulas Herz hatte einen Freudensprung getan. Niemals hätte sie erwartet, dass das bei diesem Wochenende rauskäme. Niemals.

Dann setze Hein die Worte nach, die Paula für einen Moment den Boden unter den Füßen wegzogen: »Allerdings nur, wenn du was draus machst und dieser ganze Freiarbeitsquatsch aufhört.«

Sie hatte mechanisch genickt. Sollte sie vor den anderen Teilnehmern anfangen zu diskutieren?

Hein hatte keine Ahnung davon, was sie in der Freiarbeit machte, das war Paula klar. Natürlich könnte sie die Bodenarbeit weiter in ihrem persönlichen Training von La Vie nutzen, das konnte ihr keiner verbieten. Doch ihre Aktivität auf Facebook würde sie dann wohl einstellen müssen. Paula fühlte ein leises Bedauern. Es hatte ihr viel Freude gemacht, so viele Mädchen an ihrem Weg mit la Vie teilhaben zu lassen, auch wenn sie nicht die Leute erreichen konnte, auf die es ihr ankam. Alles hatte eben seinen Preis. Die Tür zum Kader hatte sich wieder geöffnet, das war ein riesengroßes Geschenk. Und sie war bereit, diese Chance zu ergreifen.

# 16.

»Ich hab's schon auf deiner Seite gelesen. Und ich freue mich für dich. Echt. Ich weiß, wie viel dir das mit dem Kader bedeutet.« Johannes hatte dem Bericht seiner jüngeren Schwester still zugehört. Wenn er noch sauer sein sollte, ließ er es sich jedenfalls nicht anmerken.

Sie hatten nach Paulas Rückkehr aus Luhmühlen zwar nicht mehr mit den Pferden gearbeitet, aber es sich dafür auf ihrem Bettsofa gemütlich gemacht.

»Ich ... habe auch noch eine kleine Überraschung für dich«, meinte Johannes nun. »Das Beste zum Schluss.«

»Was denn?« Paula blickte ihren Bruder neugierig an. »Lass mich raten. Du hast dich in Nico verknallt.«

Täuschte sie sich oder wurde Johannes etwas rot?

»Neeeeeiiiiin«, wiegelte er ab. »Ein Abschiedsgeschenk für dich!«

»Echt? Das ist ja total süß von dir. Was ist es denn?«

Johannes lächelte verschwörerisch. »Ich habe aus unserem Videomaterial von dir und La Vie ein superschönes Video mit Musik zusammengeschnitten.«

Paulas Augen leuchteten auf und sie wollte sich gerade bei ihm bedanken, doch Johannes bedeutete ihr innezuhalten.

Er stieß triumphierend hervor: »Und ich habe dieses Video

eingereicht bei ›Zeig uns dein Talent‹ auf der Northern Horse Show in Kiel.«

Paula blickte ihn entgeistert an. »Was?«

Was immer für eine Reaktion er von seiner jüngeren Schwester erwartet hatte, es war bestimmt nicht die, die kam. Doch Johannes sprach unverdrossen weiter. »Alle, die mit ihren Pferden etwas Ungewöhnliches vollbringen, sollten sich bewerben. Es geht um Initiative, Talent, Kreativität und Ideenreichtum im Umgang mit dem Pferd. Und vor allem um die tiefe Verbindung zwischen Mensch und Pferd. Das ist doch wie für dich und La Vie gemacht!«

»Hast du sie eigentlich noch alle?«, fuhr Paula ihn an. »Du kannst doch nicht einfach meine Videos bei irgend so einem Talentwettbewerb einschicken. Warum hast du dich nicht selbst beworben, wenn du unbedingt auf eine Show willst?«

»Valentino und ich sind einfach noch nicht so weit«, stotterte Johannes. »Was ist denn los mit dir? Ich dachte, du freust dich?«

»Ich gehe mit La Vie auf gar keinen Fall zu irgend so einem ›Deutschland sucht den Superstar‹. Das kannst du knicken. Ruf da an und sage, dass ich raus bin.«

»Zu spät«, meinte Johannes. Er öffnete auf seinem Handy die Webseite der Northern Horse Show und zeigte Paula das Bild von ihr und La Vie mit dem Schwungtuch, das Nico geschossen hatte. »Du bist schon überall als Teilnehmerin genannt.«

»Scheiße, scheiße, scheiße«, murmelte Paula.

»Ich habe echt gedacht, du fällst mir um den Hals vor Freude. Weißt du eigentlich, wie viele Leute da zuschauen? Das ist eine Riesenchance für dich und La Vie, euch einen Namen in der Show-Szene zu machen. Alle Türen gehen danach auf!«

»Oder zu«, murmelte Paula. Sie war plötzlich blass geworden.

»Hey, kannst du mir bitte mal erklären, was los ist?«, verlangte Johannes.

Paula schüttelte verzweifelt den Kopf. »Hein will mich bei Horst Ernst für den Jugend-Perspektivkader nur empfehlen unter der Bedingung, dass dieser ganze ›Freiarbeitsquatsch‹ aufhört.«

Johannes verschlug es für einen Moment die Sprache. Dann sagte er: »Und du hast ihm hoffentlich gesagt, dass er sich seinen Kader dann irgendwo hinstecken kann?«

»Ich habe gesagt, dass das klargeht«, gab Paula zurück.

»Moment mal. Was hast du?«

»Ich habe mich entschieden.« Paula versuchte, ihre Stimme fest klingen zu lassen. »Für die Vielseitigkeit.«

»Paula, da bist du schon lange nicht mehr. Kannst du dich nicht erinnern? Du hast gesagt, dass es dein Ding ist, *beides* zu machen, Turniere und Bodenarbeit. Das ist deine große Stärke, das zu verbinden.« Johannes redete sich richtig in Rage. »Du kannst doch jetzt nicht einfach eine Hälfte von dir abschneiden, nur weil so ein Fuzzi meint, er muss dich in irgendeine Kiste stecken und ein Etikett draufpappen.«

Paula schüttelte den Kopf. »Er hat recht. Der Kader ist Leistungssport, da müssen wir uns nichts vormachen. Da passt nichts anderes mehr daneben. Ich wundere mich ja jetzt schon, wie ich das alles auf die Reihe kriege mit meinen ganzen verschiedenen Trainings. Aber wenn ich in den Kader gehe, kann es nur das geben. Alles andere ist einfach unrealistisch. Man kann eben nur in einer Sache richtig gut sein«, murmelte Paula.

»Das sehe ich nicht so. Und was ist mit deinen Fans? Den Mädels da draußen, denen du mit deiner Seite total viel gibst?«, beharrte Johannes. »Die wollen keinen Leistungssport sehen, sondern echte Beziehung zwischen Mensch und Pferd!«

»Ich weiß nicht, wer das wirklich sehen will«, gab Paula frustriert zurück. »Für die Freizeitreiter bin ich von einem ganz anderen Stern, weil ich reite, wie ich reite. Und für die Turnierreiter bin ich von einem ganz anderen Stern, weil ich mit meinem Pferd eine ganz andere Beziehung habe, als die sich auch nur vorstellen können. Ich mag einfach nicht mehr überall die ›Andere‹ sein.«

Johannes erhob sich. Er wirkte total enttäuscht, versuchte sich aber nichts anmerken zu lassen. »Wir wollen morgen mit Papa um sieben los, das ist eine lange Fahrt bis runter nach Bayern. Ich werde schauen, dass ich dich in Kiel wieder abmelde. Die haben bestimmt eine Warteliste, wo ein anderer nachrücken kann.«

Paula spürte einen Stich in ihrem Herzen, doch sie nickte tapfer. »Ja, schau bitte zu, dass das geht«, gab sie leise zurück. »Und sei mir bitte nicht böse. Ich kann einfach nicht anders.«

»Doch, kannst du. Du willst nicht. Aber das ist deine Entscheidung.«

Johannes verließ Paulas Zimmer. Sie hatte sich noch nie so traurig und allein gefühlt.

*Ich habe dich am AZL mit deinem Pferd ohne Sattel und Zaumzeug Dressur reiten sehen. Ich habe noch nie ein Pferd gesehen, das sich so natürlich entspannt selbst trägt. Kannst du mir zeigen, wie man dahin kommt? LG, Nina.*

Paula hatte gerade La Vie zur Weide gebracht und wusste zuerst gar nicht, von wem die SMS war. Dann fiel ihr ein, dass Nina eine der Teilnehmerinnen am Lehrgang mit Hein Kerkhaus gewesen war. Eine selbstbewusste Blondine, von der Paula gedacht hatte, dass sie auf den Perspektivkader so gut wie abonniert war. Und diese Nina wollte nun von ihr was über das freie Dressurreiten lernen? War das nicht, worauf sie die ganze Zeit gehofft hatte?

Sie musste sich erst mal setzen. La Vie lief auf der Weide unruhig auf und ab und rief wiehernd nach Valentino.

Irgendwie war auch Paula jetzt total durcheinander. Gerade als sie beschlossen hatte aufzugeben, kam die erste richtige Anfrage. War das irgendwie ein Zeichen?

Paula atmete tief durch. Sie musste sich erst mal sortieren. Worauf hatte Nina reagiert? Auf ihre reiterliche Perfektion und Harmonie mit La Vie. Da wollte sie hin. Und sie hatte gesehen, dass Paula einen ganz anderen Weg zu diesem Ziel beschritt. Den wollte sie auch lernen. So einfach war das.

War sie es bis jetzt mit ihrer Facebook-Seite einfach falsch angegangen? Klar interessierten sich keine Turnierreiter dafür, wie sie durch Rasensprenger sprang oder über Wiesen galoppierend irgendwelche Schwungtücher hinter sich herzog. Die waren einfach ganz anders drauf. Aber wenn sie ihren eigenen YouTube-Kanal aufmachen und mit Beispielen aus ihrem Training ganz praktisch zeigen würde, wie die Arbeit am Boden einen auch besser auf Turnieren machte?!

Paulas Herz begann zu klopfen. Das fühlte sich irgendwie ziemlich gut an.

Ein weiteres Bild schob sich in ihren Kopf. Von einer großen Halle voller Menschen, denen sie vorführen konnte, was sie und La Vie ausmachte. Eine große Öffentlichkeit, der sie genau dasselbe zeigte, was Nina jetzt offenbar inspiriert hatte, von ihr lernen zu wollen: höchstes Leistungsniveau in vollkommener Freiheit.

Plötzlich kam der Name von irgendwoher angeflogen und stand glasklar vor ihren Augen: PAULA LIPPOLD. TURNIER UND SHOW.

Sie griff schnell nach ihrem Handy und textete Johannes, der mit ihrem Vater irgendwo auf der Autobahn sein musste:»Hast du Kiel schon abgesagt?«

Johannes textete sofort zurück:»Noch nicht. Wieso?«

»Ich bin dabei.«

# ZUSAMMEN SIND WIR FREI

## 1.

Paula war zufrieden. Die Entscheidung, einen YouTube-Kanal zu machen, der sich an ambitionierte Turnierreiter wie sie selbst wandte, stellte sich als richtig heraus. Sie hatte sich vorgenommen, jede Woche ein ausführliches Video zu einem bestimmten Aspekt der Bodenarbeit zu veröffentlichen, der in unmittelbarem Zusammenhang zu den Anforderungen der Dressur-, Spring- und Geländeprüfungen stand und allem, was mit ihnen zusammenhing. Sie nahm kein Blatt vor den Mund, auch wenn sie viele damit vor den Kopf stoßen würde. Doch wer nach echten Lösungen suchte, würde sie bei ihr finden.

Sie wusste zum Beispiel aus eigener Erfahrung, dass viele Turnierpferde große Probleme damit hatten, auf den Hänger zu gehen. Was umso absurder schien, weil sie ja in der Turniersaison bald jedes Wochenende irgendwo anders hingekarrt wurden. Kam das Tier dann schon nervlich angeschlagen auf dem Turnierplatz an, ging der Stress oft auf dem Abreiteplatz weiter. Anstatt dem Pferd die Gelegenheit zu geben, in der Beziehung zum Reiter seine Sicherheit zu finden, wurde es in der ungewohnten Umgebung des Turniers auch noch mit allen möglichen Zwangsmaßnahmen traktiert, um es auf die bevorstehende Prüfung »vorzubereiten«. Kein Wunder, dass das, was man in den Prüfungen dann sah, oft zu wünschen übrig ließ. Gestresste Pferde mit gestressten Reitern, die weit unter ihrem Leistungspotenzial blieben.

Neben ihren Trainingsvideos stellte Paula auch Berichte von ihren eigenen Turniererfolgen mit La Vie ein. Ihre Zuschauer sollten sehen, dass sich die Arbeit am Boden auch im Hinblick auf den Sport wirklich auszahlte. Ein Übriges taten die ersten begeisterten Berichte von Mädchen ihres Alters, die sie online und mithilfe von Videos coachte. Diese berichteten auf PAULA LIPPOLD. TURNIER UND SHOW, wie die Tipps und Übungen von Paula ihnen geholfen hatten, mit ihrem Pferd im Sport noch mal ganz anders zusammenzufinden. Langsam begann sich so eine Gruppe echt Interessierter auf dem Kanal zu sammeln.

Von Hein Kerkhaus oder Horst Ernst hatte sie nichts mehr gehört und vermied es auch, darüber nachzudenken, wie ihr Kanal bei den Trainern ankam. Wenn sie ihn überhaupt zur Kenntnis nahmen. Auch wenn Hein das vielleicht als ›Freiarbeitsquatsch‹ betrachtete, am Ende half sie damit den Reitern im Turniersport, besser zu werden – das konnte keiner bestreiten.

Nico Neubert entpuppte sich nach Johannes' Weggang als ein echter Schatz. Mittlerweile verbrachte sie fast jedes Wochenende bei den Lippolds und nahm alle Videos auf, die Paula ins Netz stellte.

»Vermisst du Johannes eigentlich?«, meinte sie jetzt, als sie in der großen Wohnküche am Esszimmertisch saßen und gemeinsam die Fotos ihres letzten Shootings auf dem Laptop sortierten.

»Schon irgendwie«, gab Paula zurück. »Ist halt mein großer

Bruder. Wir haben einfach immer alles zusammen gemacht.«
Sie strahlte Nico an.»Aber dafür bist du ja jetzt gekommen.«
Verlegen blickte Nico hinunter. Sie druckste:»Ich wollte dir
immer noch mal Danke sagen.«
Paula blickte sie fragend an.»Wofür?«
»Na ja, dass du mich nicht vom Hof geschmissen hast, als
ich das erste Mal hier einfach mit meiner Kamera aufgetaucht
bin. Mein Leben hat sich seitdem echt krass verändert. Ich habe
durch dich und La Vie so viel gelernt und meine Fotografie hat
sich total entwickelt.«
Paula drückte spontan Nicos Arm.»Hey, mit deinen superkre-
ativen Fotos und Videos hilfst du mir mindestens genau so viel
wie ich dir. Fühlt sich irgendwie so an, als hätte ich jetzt noch 'ne
Sister. Das ist voll schön.«
Ein schnelles Lächeln huschte über Nicos Gesicht. Sie sprach
nie über ihr Zuhause, aber Paula hatte den Eindruck, dass sie an
den Wochenenden bei den Lippolds zum ersten Mal so was wie
»Familie« erlebte. Und es genoss.
Nico setzte ihr schräges Grinsen auf.»Okay, Sistaaa, dann
jetzt mal ran an die Bilder. Wir haben nämlich auch noch zwei
Videos zu schneiden, und wenn Johannes heute Abend kommt,
macht der wieder nur Action und wir kommen zu nichts.«

Die Nachricht erreichte Paula ein paar Stunden später auf ihrem Handy. *Herzlichen Glückwunsch. Dein Video, das du bei
›Zeig uns dein Talent‹ eingereicht hast, hat es unter die Top 10
geschafft. Wir drücken dir für dein Weiterkommen die Daumen!*
Einen Moment war sie sprachlos. Die Tür, durch die sie lange
nicht hatte gehen wollen, hatte sich soeben weit für sie geöffnet.

Irgendwie wusste sie, dass jetzt auch die restlichen Schritte des Weges ins Finale der Show möglich waren.

»Freust du dich?«, stupste Johannes sie an.

Paula grinste. »Ich weiß, was du jetzt hören willst. Ohne dich wäre ich nie auch nur auf die Idee gekommen.«

Sie fiel ihrem Bruder um den Hals und schenkte ihm ihr strahlendstes Lächeln. »Danke, Jojo. Echt jetzt. Danke.«

Paula schüttelte den Kopf. »Wenn ich überlege, dass ich meine Bewerbung fast abgesagt hätte …«

»Und was heißt das alles jetzt?«, fragte Nico.

»Jetzt gibt es in den nächsten Wochen ein Publikumsvoting und die Top 5 dürfen Ende Dezember sich und ihr Pferd in einer frei choreografierten eigenen Show auf der Northern Horse präsentieren«, gab Johannes zurück.

»Haben wir denn dafür genug Showelemente zusammen?«, hakte Nico nach. Sie war so fraglos ein Teil von ›Team Paula‹ geworden, dass es ihr gar nicht in den Sinn kam, anders als im »Wir« zu denken.

»Ja, lasst uns schauen, was wir alles draufhaben, und überlegen, wie daraus eine coole Choreo entstehen kann. Für den Fall der Fälle …« Paula fing gleich eine mentale Liste an. »Also das Tuch muss definitiv rein, damit könnte ich wahrscheinlich sogar springen. La Vie macht das bestimmt mit.«

»Ja und noch krasser wäre es, wenn du durch ein Tor oder so was springst und das Tuch über dem Sprung greifst und es dann flatternd hinter dir herziehst.« Johannes lief schon wieder auf Hochtouren. »Das kann ich bauen.«

»Hey, darf ich dich daran erinnern, dass du nicht mehr hier wohnst? Wann willst du das denn machen?«, gab Paula zurück.

Nun ereiferte sich auch Nico: »Du brauchst noch irgend so ein Markenzeichen, etwas, was nur ihr, du und La Vie, macht«, ereiferte sich Nico.

»Den Rasensprengersprung«, kicherte Paula, »aber das kommt bei einer Show mitten im Winter wohl nicht so gut.«

»Nee, aber irgendein anderer abgefahrener Sprung«, griff Johannes den Gedanken auf. »Oder was mit Springen. Springseil. Du könntest mit ihm Springseil springen.«

»Leute, das wär selbst für mich und La Vie zu crazy«, wehrte Paula lachend ab.

»Gar nicht«, meinte Nico. »Ihr habt das voll drauf. Zwei Stöcke und eine Wäscheleine. Und dann machen wir noch eine Lichterkette um die Leine, und wenn der Part in der Show kommt, wird das Licht gedimmt und du springst mit La Vie Springseil über die leuchtende Lichterkette.«

Johannes klatschte Nico ab. »Du bist einfach genial!«

»Du bist aber auch nicht schlecht«, gab Nico gnädig zurück.

*Hi, ihr Lieben, wie ich in meinem letzten Post geschrieben habe, sind La Vie und ich bei ›Zeig uns dein Talent‹ auf der Northern Horse Show in Kiel unter die Top 10 gekommen. Jetzt seid ihr gefragt: Es heißt voten, voten, voten, damit wir es in die Top 5 schaffen und in Kiel mit einer eigenen Show auftreten dürfen!!! Ich berichte dafür hier regelmäßig, was euch in unserer potenziellen Live Show auf der Northern Horse erwarten wird, wenn wir dabei sind. Also, hier ist der aktuelle Stand: Das Podest ist eindeutig La Vies Lieblingsaufgabe! Er stellt sich mit den Vorderbeinen darauf und ich kann auf seinem Rücken wie auf einer Rutsche über den Po herabrutschen.*

*Auch das Schwungtuch macht ihn null nervös, sodass ich damit sogar springen kann. Da haben wir uns was ganz Besonderes ausgedacht, aber daran arbeiten wir noch (bzw. Johannes und mein Vater, die es erst noch bauen müssen ...)*

*Das absolute Highlight unserer Show wird wohl das Seilspringen mit einem leuchtenden Springseil, das Johannes und Nico gebastelt haben. La Vie fand es zunächst nicht sehr lustig, gewöhnte sich aber superschnell daran. Er geht im Trab und im Galopp drüber. Das Training mit ihm für die Show macht total Spaß. Wie immer ist er superneugierig und mutig.*

*In drei Wochen haben wir einen kleinen Auftritt bei uns im Reitverein, als Generalprobe sozusagen. Ich bin wirklich gespannt, wie alles vor Publikum klappen wird.*

*Wir halten euch auf dem Laufenden!*

*Eure Paula & La Vie*

# 2.

»Sag mal ehrlich, wie du Nico findest.« Paula konnte sich die Frage an Johannes einfach nicht verkneifen. Ein weiteres Wochenende mit viel Spaß und kreativen Ideen war wie im Flug vergangen. Die drei hatten hauptsächlich an der Choreografie für die kleine Show im Reitverein gearbeitet. Und an der Umsetzung von Jojos neuester Idee: auf einen langsam fahrenden Anhänger zu reiten. Nachdem das gut klappte, war Paula nur mit den Vorderbeinen auf die Klappe geritten und La Vie musste mit den Hinterbeinen weiterlaufen. Das zwang ihn, seine Beine zu koordinieren. Ab und zu klappte es nicht ganz und er lief automatisch auch mit den Vorderbeinen auf der Klappe mit. Dann wollten sie sich wegschmeißen vor Lachen.

»Nico? Wie kommst du denn dadrauf?«, meinte Johannes.

»Mir fällt einfach nur auf, dass die Abstände, in denen du nach Hause kommst, immer kleiner werden«, grinste Paula. »Und das ist ja sicher nicht nur, weil du mich bei meiner Show-Vorbereitung unterstützen willst!«

Ihr großer Bruder wurde knallrot. »Ich finde sie schon ziemlich cool.«

»Und sie?« gab Paula zurück.

Er zuckte hilflos mit den Schultern. »Ist alles ja nicht so einfach. Ich unten in Bayern, sie hier oben.«

»Egal«, beharrte Paula. »Du musst es ihr sagen.«

Wieder wurde Johannes rot.

Paula stupste ihn an. »Los, jetzt sei nicht so schüchtern. Sonst sage ich es ihr, dass du total auf sie stehst!«

»Wehe!«, drohte Johannes ihr spielerisch.

Paula lachte. »Bis zum Auftritt im Reitverein muss sie es wissen, sonst erfährt sie es von mir.«

*Obwohl unsere kleine Show im Reitverein immer näher kommt, probiere ich ständig noch neue Elemente aus. Das Steigen klappt immer besser und La Vie war richtig konzentriert heute. Auch kann er nun das Kommando »Olla«, was so viel bedeutet wie ein spanischer Gruß, mit seinem Vorderbein in die Luft.*

*Johannes hat außerdem am Wochenende einen großen Ring gebaut, an Sprungständern befestigt und ich bin mit La Vie einfach durchgesprungen. Er zögerte nicht einen Moment und schoss durch den Ring ohne Probleme durch. Auch der Torsprung, wo ich beim Durchspringen oben das Tuch abnehmen und hinter mir herziehen werde, ist fast fertig gebaut. In den nächsten Tagen wird er mit dem Tuch getestet.*

*Mein Süßer ist einfach so unglaublich neugierig und lerneifrig, dass man ihm etwas nur einmal zeigen muss, und er hat es drauf! Vielleicht liegt es aber auch mit daran, wie ich jede Trainingseinheit aufbaue. Ich schaue, dass ich am Anfang mit La Vie immer erst unsere Übungen am Boden mache. Das vertieft die Beziehung und macht ihn überhaupt erst bereit, sich auf mich einzulassen und auf das, was dann kommt!*

*Dann reite ich ohne Sattel ein bisschen Dressur und mache schließlich auch die Trense ab. Es macht für La Vie mittlerweile überhaupt keinen Unterschied mehr, ob ich mit oder ohne Sattel, mit oder ohne Trense auf ihm sitze. Das wird auf jeden Fall auch Teil meiner Show werden, dass ich die verschiedenen Arten, mit und ohne Ausrüstung zu reiten, einbaue. Ich will ja zeigen, was alles geht, wenn das Fundament stimmt, also eine echte Beziehung zum Pferd da ist.*

# 3.

Paula hatte gerade die Pferde für die Nacht versorgt und war auf dem Weg zurück ins Haus, als ihr Handy klingelte. Ohne aufs Display zu schauen, nahm sie das Gespräch an – halb erwartete sie Nico, die ihr sagen wollte, dass irgendwelche neu bearbeiteten Fotos auf dem Weg zu ihr waren, halb Johannes, der wieder mit irgendwelchen neuen Ideen kam.

»Hey, Paula. Lange nichts gehört. Wollte nur mal schauen, was du so machst.«

Am Ton von Annes Stimme erkannte sie, dass es ein lahmer Vorwand war, um mit ihr in Kontakt zu kommen. Doch Paula ließ sich nichts anmerken.

»Hallo, Anne. Mir geht es gut! Bin gerade total busy mit der Vorbereitung meiner ersten Show.«

Einen Moment war es still am anderen Ende. Dann kam zu Paulas Überraschung:»Cool. Ich habe das mit dir und La Vie so ein bisschen auf deinen Kanälen verfolgt. Das geht ja echt mega ab mit euch.«

»Ja, ist gerade eine total spannende Zeit«, meinte Paula lachend. Ihr wurde plötzlich bewusst, dass sie sich total frei fühlte. Von ihrer alten Befangenheit gegenüber Anne war nichts mehr zu spüren. »Und du?«, gab sie zurück.

»Der Kader ist echt krass«, antwortete Anne einsilbig.

Irgendetwas sagte Paula, dass Anne etwas von ihr wollte. Etwas, das ihr schwerfiel, direkt auszusprechen.

»Wie geht es Furioso?«, fragte sie einfach drauflos.

Ins Schwarze getroffen. Sie konnte hören, dass Anne am anderen Ende der Leitung anfing zu weinen. Sie fügte sanft hinzu: »Willst du mal erzählen, was los ist?«

Endlich ließ Anne ihre Fassade los. »Furioso ist total eingebrochen mit seiner Leistung. Wir hatten schon zig Tierärzte an ihm dran und keiner findet was. Ich weiß einfach nicht mehr, was ich machen soll. Horst sagt, wenn ich ihn bis Ende des Jahres nicht wieder auf Spur kriege, muss ich aus dem Kader raus. Neulich meinte ein Tierarzt, dass es bei ihm eine Kopfsache ist und er einfach nicht mehr will. Und da dachte ich, weil du ja auch so mit Pferden arbeitest, also über den Kopf und so, dass du vielleicht eine Idee hast. Also was ich machen könnte, dass er wieder läuft.«

Paula brauchte einen Moment, um die ganzen Informationen zu verarbeiten. Dann sagte sie ruhig: »Anne, das tut mir echt leid für dich. Ich weiß, wie das ist, wenn einem die ganze Lebensperspektive plötzlich zusammenbricht.« Sie machte eine kurze Pause. Schließlich entschied sie sich, einfach auszusprechen, was ihr Herz ihr sagte. »Ich bin mir ehrlich gestanden nicht sicher, ob es wirklich Furioso ist, der das Problem hat. Oder ob du dir nicht überlegen musst, was du eigentlich willst. Ich glaube, er reagiert einfach nur auf den ganzen Druck im Sport und kann oder will ihn nicht mehr ertragen. Und wenn du genau da weitermachen willst, wirst du dir ein anderes Pferd suchen müssen. Ich kann kein Pferd anschmeißen wie einen alten Motor, damit es wieder funktioniert. Das ist nicht der Sinn meiner Arbeit.«

Anne schluchzte auf. Sie war wirklich verzweifelt. »Ich weiß einfach nicht, was ich machen soll. Alle machen mir Druck, die Trainer, meine Sponsoren, meine Eltern.«

»Und diesen Druck gibst du an Furioso weiter. Siehst du, genau da liegt das Problem«, gab Paula zurück. »Entscheide dich, welchen Weg DU gehen willst. Das kann dir keiner abnehmen. Es gibt Pferde, die nehmen den Druck im Sport besser als andere. Und wenn ihr von Anfang an eine gute Basis habt, eine gute Beziehung, dann ist dein Pferd bereit, sehr weit mit dir zu gehen. Weil es auch was davon hat.«

»Und das mit der Beziehung kannst du nicht mit mir und Furioso machen?«, gab Anne kläglich zurück. »Ich habe auf deinem Kanal gesehen, dass du ein paar Mädels mit ihren Pferden echt geholfen hast.«

Paula schüttelte innerlich den Kopf. An Anne wurde ihr plötzlich das ganze Dilemma des Leistungssports glasklar bewusst.

»Klar kann ich dir helfen. Wenn es dir wirklich um dich und dein Pferd geht. Aber dazu musst du deine ganzen Ansprüche an Furioso komplett loslassen. Und dich einlassen auf ihn und auf das, was er von dir braucht. Das ist aber oft nicht das, was wir vom Pferd wollen. Wenn du dazu bereit bist, wirklich auf ihn zu hören, können wir gerne miteinander arbeiten.«

Paula war über sich selbst verwundert, wie klar sie plötzlich war. Aber es war die Wahrheit, das spürte sie. Es war das, was sie im letzten Jahr selbst durchlebt und erfahren hatte.

»Ich denke mal über das nach, was du gesagt hast«, schniefte Anne. »Darf ich mich dann wieder melden?«

»Klar!«, meinte Paula. »Wenn ich kann, helfe ich dir. Dafür bin ich ja da.«

*Hi, ihr Lieben, auch wenn wir jetzt schon ziemlich arg im Vorbereitungsstress für unsere kleine Show am Sonntag sind (noch zwei Tage!!!), muss ich euch etwas ganz Besonderes berichten, was diese Woche passiert ist: Ich nenne es »Mission Happy«, und genau das ist ja auch mein Anliegen mit dem, was ich tue: Menschen und ihre Pferde zusammenzubringen und dadurch glücklicher zu machen!*

*Also: Ich bekam vor einigen Tagen eine sehr, sehr lange Mail von einer älteren Dame. Sie und ihr Mann schauen regelmäßig meine Videos. Es steckte so viel Gefühl in dieser Mail, dass es für mich etwas ganz Besonderes war.*

*Meine gute Freundin und Lieblingsfotografin Nico kannte dieses Ehepaar. Sie erzählte mir, dass es einer der größten Wünsche der Frau sei, mich und La Vie mal live zu erleben. Doch leider sitzt sie im Rollstuhl und ist gesundheitlich sehr angeschlagen. Allerdings würde sie nicht weit weg wohnen. Ich überlegte also nicht lange und setzte meine Idee in die Tat um.*

*Und als ganz besonderes Highlight habe ich dafür La Vies fünften Geburtstag gewählt. Er ist so ein Geschenk für mich, dass ich es total passend finde, an seinem Geburtstag mit ihm auch mal anderen Menschen eine Freude zu bereiten.*

*Nachdem mein Schatz zum Frühstück ausnahmsweise einen ganzen Pack Möhren bekommen hatte, fuhr meine Mama mich und Nico gemeinsam mit La Vie zu dem Ehepaar.*

*Angekommen wurden wir schon erwartet und herzlich empfangen. Nachdem Nico verraten hatte, dass es La Vies Geburtstag war, bekam er noch mal eine Ladung Äpfel. Ich musste irgendwann protestieren, denn schließlich wollten wir ja noch arbeiten!*

*Ich hatte sowohl eine Musikanlage als auch ein paar Show-*

*utensilien eingepackt und zeigte mit La Vie eine Privatvorführung in dem Garten des Ehepaars, der mal ein Reitplatz war. Denn sie hatten auch selber Pferde gehabt, die sie aber irgendwann schweren Herzens abgeben mussten. Das Gefühl, die Stimmung und natürlich der ganze Tag waren ganz besonders für mich. Die beiden strahlten so eine Freude und Herzlichkeit aus, dass ich mich total geborgen und willkommen gefühlt habe. Nach meiner Vorführung verbrachten wir noch ein paar schöne Stunden. Ich hörte mir ihre Geschichten über ihre eigene Pferdezucht an und tauschte mich mit ihnen aus. Es war so toll, ihnen zuzuhören und das Strahlen in ihren Augen zu sehen. Als die Frau mir von ihrer Krankheitsgeschichte erzählte, da liefen auch bei mir die Tränen, und ich wusste: Diese Aktion war genau richtig und hat uns allen gutgetan. Nicht nur dem Ehepaar, sondern für mich und La Vie war es neben allem anderen auch eine kleine »Generalprobe vor der Generalprobe«, die uns total viel Sicherheit gegeben hat.*

*Mission Happy accomplished! So gehe ich jetzt mit meinem Schatz total glücklich in sein neues Lebensjahr!*

# 4.

Paula hatte ihre neuen Bodenarbeitselemente geprobt: steigen, während sie falsch herum auf La Vie saß, auf dem Po sitzen und Kompliment machen, ablegen und wieder aufstehen und Spanischen Schritt. Dazu kamen noch die Piaffe und etwas Freiarbeit am Boden.

Plötzlich hatte sie eine wahnsinnige Lust, ins Gelände zu gehen, wie immer ohne Sattel und Trense, nur mit Halsring. Sie brauchte jetzt mal eine Pause vom ganzen Üben für die Show. Mit der tatkräftigen Unterstützung von Nico und Johannes hatte sie eine echt coole Choreografie erstellt, mit Elementen, die man so noch nicht gesehen hatte, wie die Nummer mit dem Tuch oder das Seilspringen mit dem beleuchteten Springseil. Doch auch das sehr feine, dressurmäßige Reiten ohne alles und das freie Springen auf schwierigen Linien nur mit Halsring war in der Pferdewelt selten zu sehen. Jetzt stand alles und sie würden es morgen im Reitverein zum ersten Mal einer kleinen Öffentlichkeit präsentieren.

Paula atmete die kalte Novemberluft ein. Wahnsinn, wie sehr ihr Leben sich verändert hatte. Wir sehr ihr wundervoller La Vie es verändert hatte.

Sie lehnte sich nach vorne auf seinen Hals und umfing ihn mit den Armen. Was für ein Wahnsinnsglück sie hatte!

Plötzlich kam ihr Anne in den Sinn. Ja, sie hatte Glück, dass sie ihr Seelenpferd La Vie gefunden hatte. Und Martin, der sie auf den richtigen Weg gesetzt hatte. Und Nico, die ihr half, sich und ihre Arbeit so wundervoll in Szene zu setzen. Sie hatte ein Wahnsinnsglück, dass sie so einen tollen großen Bruder hatte, der sie nach Kräften unterstützte und dabei seinen eigenen Weg zurückstellte. Überhaupt ihre ganze Familie und wie sie hier von klein auf mit den Pferden leben durfte, all das war ihr geschenkt worden, und dafür war sie unglaublich dankbar. Aber sie hatte auch etwas daraus gemacht. Indem sie die Entscheidung getroffen hatte, dem Weg ihres Herzens und dem Herzen ihres Pferdes zu folgen. Heart to heart. Das war nicht immer einfach gewesen, aber sie war drangeblieben. Und im richtigen Moment am Ende doch immer richtig abgebogen oder war zumindest umgekehrt und wieder zurückgekommen. Doch diese Entscheidung musste jeder für sich selbst treffen. Auch Anne.

Irgendwie tat sie Paula leid. Sie wusste genau, wie ausweglos ihrer ehemaligen Konkurrentin die Situation jetzt erschien, in welchem Loch sie feststeckte. Weil sie in demselben Loch nach ihrem Unfall mit Bogart gewesen war.

Paula entschloss sich, Anne zur Show im Reitverein einzuladen. Vielleicht half ihr ja, sie und La Vie live zu sehen, auch für sich eine neue Perspektive zu entwickeln.

Als sie nach Hause kamen, stand ein großes Paket vor der Tür. Es war von einer jungen Reitsportfirma, die sich auf alternative Ausrüstungsgegenstände spezialisiert hatte. Nachdem sie La Vie versorgt hatte, riss Paula das Paket ungeduldig auf. Es enthielt eine neue Art von Halsring mit Longe. Zusammen mit einem Brief, in dem die Firma ihr anbot, Markenbotschafterin für ihre innovativen Produkte zu werden.

»Wir lieben deine Videos auf YouTube und können uns keine Bessere vorstellen, die diesen neuen Geist, den unsere Produkte verkörpern, in der Pferdewelt transportieren kann. Probiere sie doch mal aus und sag uns, was du davon hältst.«

Wow. Es machte Paula unglaublich stolz, dass ihre Art der Pferdearbeit so gesehen und anerkannt wurde. Gleich schickte sie eine Textnachricht an Nico und Johannes. Plötzlich hörte sie einen Aufschrei aus dem Stallgebäude.

Sie rannte sofort rüber und sah ihre Mutter in der Stallgasse stehen mit einem Putzeimer vor sich. La Vie schaute aus seiner Box und schäumte aus dem Maul.

Einen Moment wusste Paula nicht, wie sie reagieren sollte, bis sie begriff, was passiert war. La Vie hatte mal wieder Schabernack im Sinn gehabt und versucht, den Putzlappen aus dem Eimer zu ziehen. Dabei hatte er seine Nase komplett in Seifenschaum getaucht, den er jetzt prustend versuchte loszuwerden.

Schnell machte sie ein Foto. La Vies Neugier und Unerschrockenheit kannten einfach keine Grenzen! Hoffentlich würde er sich auch in seiner ersten Show morgen im Reitverein so zeigen.

*Ich bin soooooooooo happy und muss erst mal dieses Wochenende verdauen! La Vie lief seine erste kleine »Show« vor Publikum. Es war der Hammer! Die Halle war gepackt mit Leuten und alles war sehr beengt. Ich kann nicht glauben, dass dieses Pferd erst fünf Jahre alt ist und ohne Trense so cool vor so vielen Leuten bleibt. Ich bin einfach nur happy und stolz auf meinen Kleinen, der mir so viel Vertrauen schenkt, wie es bisher kein Pferd ge-*

*schafft hat. Er ist einfach etwas ganz Besonderes! Es war ein so schönes Gefühl ...*

*Natürlich ist nicht alles 1000%ig gelaufen. Aber hey, er ist das erste Mal »on tour« gewesen ... Er wollte zunächst nicht auf den fahrenden Hänger laufen und einmal hat sich das Springseil kurz verheddert! Ansonsten lief es einfach Bombe.*

*Und ich freue mich riesig über die tollen Rückmeldungen, die mich über die verschiedensten Wege erreichen. Es macht mir einfach nur Spaß und zeigt mir, dass es den Zuschauern echt gut gefällt. Danke schön! Nico und Jojo haben die ganze Show mit zwei Kameras gefilmt, und wenn sie alles zusammengeschnitten haben, werde ich das Video natürlich hier posten.*

*Nach der Show nutzten einige Kinder noch die Chance und testeten die Rutsche vom Po, während La Vie genüsslich auf seinem Lieblingspodest stand. Das Süßeste war, als mich ein kleines Mädchen fragte, ob es mich mal in den Arm nehmen dürfte. Ich war so gerührt von der kleinen Maus, die sich auch bei La Vie gleich ins Herz gekuschelt hat. Er genoss die Streicheleinheiten und zeigte ihr, dass es auf seinem Rücken auch ganz schön sein kann. Am liebsten wären noch mehr Kinder auf La Vie geritten, aber da er so wunderbar mitgemacht hatte, musste ich ihm irgendwann auch seinen verdienten Feierabend geben. Ein für mich sehr schöner Punkt war, dass Martin, mein Trainer und der Züchter von La Vie, dabei war und sich den Auftritt gemeinsam mit seiner Schwester angeschaut hat! Ihm haben wir so viel zu verdanken. Er hatte Tränen in den Augen und durfte einfach nur stolz auf seinen Kleinen sein. Und ein bisschen auch auf mich, dass er mich in die richtige Richtung geschickt hat ...*

*Ich bin so dankbar, wie sich alles entwickelt hat. Ich liebe* dieses Pferd!! Jetzt müssen wir es nur noch ins ›Zeig uns dein Talent‹-Finale der Northern Horse Show schaffen ... Votet nochmal fleißig für uns, der Countdown läuft! Noch bis Dienstag um 12 Uhr kann abgestimmt werden und gestern lagen wir auf Platz 2. Von den Top 10 dürfen die Top 5 auftreten! Es wäre so unfassbar schön, wenn wir teilnehmen könnten!!!

Eure Paula & La Vie

# 5.

Es war nach 22 Uhr, als sie endlich alles ausgepackt und wieder verstaut hatten und La Vie mit einem Riesenberg Heu zufrieden mampfend in seiner Box stand.

»Ach, Jojo, wenn ich dich nicht hätte, weiß ich nicht, wie ich das alles stemmen sollte«, seufzte Paula dankbar, als auch das letzte Show-Utensil sorgsam verstaut war. »Ich kann nach der ganzen Aufregung noch gar nicht schlafen kann. Hast du Lust, noch ein bisschen bei mir im Zimmer zu quatschen?«

Erst jetzt fiel ihr auf, dass Johannes irgendwie bedrückt wirkte.

»Alles in Ordnung bei dir?«

Johannes zuckte mit den Schultern. »Weiß nicht.« Dann schob er hinterher. »Nee, irgendwie nicht so. Glaube aber nicht, dass ich drüber reden will.«

Plötzlich fiel es Paula wie Schuppen von den Augen. Nico! Den ganzen Tag waren die beiden irgendwie komisch miteinander umgegangen, hatten nur das Nötigste kommuniziert. Sie war mit La Vie, der Show und dem ganzen Drumherum so beschäftigt gewesen, dass sie nicht weiter darüber nachgedacht hatte!

»Du hast es ihr gesagt?«, meinte sie jetzt leise.

»Hmmmm«, nickte Johannes.

»Und sie fand es keine gute Idee?«, hakte Paula sanft nach.

Johannes zuckte mit den Schultern. »Sie meinte halt, dass sie mich als Kumpel total gernhat und so. Aber mehr nicht ...«

»Das tut mir so leid. Irgendwie hätte ich mir das echt gut vorstellen können mit euch beiden. Ihr seid beide so total kreativ und schnell zu begeistern.«

Paula machte einen Schritt auf ihren Bruder zu. »Darf ich dich mal feste drücken?«

»Ich will kein Mitleid, o. k.?«, wehrte er schnell ab.

»Hey, wer spricht von Mitleid? Vielleicht brauche ich ja auch ein bisschen Trost?«

»Wieso denn du? Für dich läuft doch alles grade mega.«

Paula merkte auf. Klang da so was wie Bitterkeit in den Worten ihres Bruders durch?

»Ist was?«, hakte sie nach.

»Schon okay«, murmelte Johannes ausweichend. Er wechselte schnell das Thema: »Also sag schon, wieso du Trost brauchst.«

»Ich hatte Anne zu der Show eingeladen, aber sie ist nicht gekommen«, seufzte Paula.

»Und warum kratzt dich das so?«

»Sie hat mich letzte Woche angerufen, hat total Probleme mit ihrem Pferd und wollte wissen, ob ich es wieder ans Laufen kriegen kann. Ich habe ihr gesagt, wenn sie eine echte Beziehung zu Furioso will, ja. Aber wenn sie nur will, dass er wieder funktioniert, bin ich die Falsche.«

»Und?«

»Ich glaube, ich habe irgendwie das Gefühl, wenn ich Anne von meinem Weg überzeugen kann, dann auch andere.«

»Andere wie ... Hein Kerkhaus? Oder Horst Ernst? Mann, Paula, lass das doch endlich los. Du bist mit La Vie auf so einem geilen Weg, bist eine mega Inspiration für so viele Leute. Du hast es geschafft. Über diesen olympischen Vielseitigkeitsrummel bist du doch weit hinaus.«

»Irgendwie noch nicht ganz«, gab Paula leise zurück. Dann richtete sie sich auf. »Komm, lass uns reingehen. Mir ist kalt. Und ich will den tollen Tag nicht in so einer blöden Stimmung beenden.«

*Wir sind dabei!!!! Wir werden wirklich und wahrhaftig bei der Northern Horse Show in Kiel auftreten! Danke für jede Stimme, die ihr beim Voting an uns verteilt habt! La Vie und ich und mein ganzes »Team« (das sind mein Bruder Johannes und meine Fotografin Nico Neubert) freuen uns einfach meeeega ... Am 19.12. werden wir also die Fahrt in Richtung Kiel antreten, um am 20.12. bei der Show dabei zu sein.*

*Gestern sind witzigerweise auch die ersten Visitenkarten meines Lebens angekommen (hihi) und von meinem Sponsor ein spezieller Halsring, gebissloser Zaum und eine Longe in den Farben passend zu La Vie. Ich bin zurzeit wirklich sprachlos, wie sich alles entwickelt! Einfach traumhaft ☺*

*Für das Programm der Northern Horse Show musste ich einen Vorstellungstext schreiben, den ich gerne hier mit euch teilen möchte. Ich finde, er fasst unseren Werdegang und wo wir stehen, ganz gut zusammen:*

*»Als mein Hannoveraner-Wallach La Vie vierjährig und grundlegend geritten zu mir kam, habe ich ihm spielerisch neben der klassischen Ausbildung neue Dinge gezeigt. Heute ist er fünf und ich kann ihn in allen Gangarten ohne Sattel und Trense rei-*

ten. *Zuletzt haben wir geübt, Seil zu springen, auf einen Anhänger zu galoppieren und mit einem riesengroßen Flattertuch zu springen. Mir ist wichtig, dass mein Pferd nicht zum Sportgerät wird und selbst auch Spaß an der Sache hat. Was immer wir tun, es muss sich für uns beide gut anfühlen. Wir haben in unserer gemeinsamen Zeit sportlich und freizeitmäßig zusammen echt viel erreicht. Und nun wollen wir in Shows zeigen, was alles möglich ist, wenn Mensch und Pferd sich wirklich verstehen. Und dass das Turnierreiten, die Bodenarbeit und Shows sich gegenseitig nicht ausschließen müssen. La Vies Neugier bringt mich immer wieder auf neue Ideen. Ich liebe ihn und könnte mir ein Leben ohne dieses Pferd nicht mehr vorstellen.«*

*Ich hoffe, ganz viele von euch in Kiel zu sehen!*

*Eure Paula & La Vie*

# 6.

Johannes hatte sich eine Woche freigenommen, um Paula bei den letzten Vorbereitungen für ihren Auftritt auf der Northern Horse Show zu unterstützen. Auch Nico war für die Woche bei ihnen eingezogen und campte in Paulas Zimmer auf einer Matratze am Boden, denn Gott sei Dank hatten die Weihnachtsferien dieses Jahr früh begonnen! Sie dokumentierte fotografisch das »Making-of« und legte überall Hand an, wo sie gebraucht wurde, vorzugsweise jedoch nicht da, wo Johannes war.

Das würde sich schon wieder legen, sagte Paula sich. Den Gedanken, dass ihr »Team« über Johannes' unglückliches Verliebtsein in Nico zerbrechen könnte, wies sie weit von sich. Außerdem standen jetzt wirklich andere Dinge im Vordergrund. Es wurde jede Hand gebraucht. Die Schleppe von Paulas weißem Showkostüm war noch fertig zu nähen, was Marlene Lippold übernahm, und einige der speziellen Requisiten für die Show, wie der Torsprung mit dem Tuch, brauchten handwerklich noch ihren letzten Schliff durch Johannes und Frank Lippold.

Und vor allem musste die Choreografie jetzt noch finalisiert und gestrafft werden. *Keep it simple and safe* war ihr Motto. So flog die Nummer mit dem Anhänger raus, dafür kam neben der Lichterkette und dem Torsprung auch das Podest rein, denn La Vie liebte es, darauf zu stehen.

Und so sollte es dann aussehen: Sie würde erst mal ohne Sattel, aber noch mit Trense einreiten und La Vie in der Mitte der Arena das Kompliment machen lassen. Dann würde sie ihn dressurmäßig in ein paar Tempowechseln im Trab und Galopp vorstellen. Dann sollte La Vie sich aus dem Kompliment ganz ablegen, sie würde von seinem Rücken steigen und ihm die Trense abnehmen. Mit ihr auf dem Rücken würde er wieder aufstehen und dann ging die eigentliche Show los. Sie würde zeigen, wie sie ihn ganz ohne Trense in Schlangenlinien durch die Bahn reiten und rückwärtsrichten konnte. Dann kamen ein paar Handwechsel mit fliegenden Galoppwechseln, Galoppvolten und das Halten aus dem Galopp und Steigen. Danach würde La Vie mit den Vorderbeinen auf das Podest steigen und sie würde sich rückwärts auf ihn setzen und über den Po runterrutschen. Bis zu dem Zeitpunkt sollte sie etwa die Hälfte der Show hinter sich haben.

Nun kam der Bodenarbeitsteil, wo sie neben La Vie im Trab und Galopp in verschiedenen Handwechseln und Wendungen herlaufen würde und er sich zum Schluss komplett am Boden ablegen würde. Dann würde sie wieder auf seinen Rücken steigen und er würde mit ihr zusammen aufstehen.

Dann zum spektakulären Teil. Das Licht in der Arena würde blau werden und sie würde das Springseil mit der Lichterkette ergreifen. Im Galopp würde sie dann mit La Vie seilspringen. Das war für das Publikum bestimmt ein absolutes Highlight. Dann würde die Musik fetzig werden, sie würde durch das Tor springen und oben am Bogen das strahlend weiße Schwungtuch ergreifen. Es würde sich entfalten und sie würde es hinter sich herwehen lassen, während sie mit La Vie weiter durch die Arena galoppierte. Schließlich würde sie ihn in der Mitte der Arena aus dem Galopp ohne alles anhalten, sich rücklings auf ihn setzen und ihn steigen lassen. Und das war's.

»Acht geile Minuten«, timte Nico.

»Diese acht Minuten werden der absolute Hammer!«, pflichtete Johannes ihr bei.

»Und wir nennen die Show: LIEBE, VERTRAUEN, FREIHEIT«, fügte Nico schnell hinzu, als habe sie Angst, dass Johannes die Idee vor ihr haben könnte. »Da ist alles drin, was du transportieren willst.«

Paula nickte. Sie hatte auch ein supergutes Gefühl. Ab jetzt lief alles auf Spur. Jetzt noch ein paar Kleinigkeiten einpacken und morgen würde es früh nach Kiel gehen. Sie hatten mindestens vier Stunden Fahrt vor sich und am Abend würde schon die Generalprobe stattfinden.

Die vier Lippolds und Nico hatten gerade das Abendessen beendet, als das Telefon in der Wohnküche klingelte.

Frank Lippold erhob sich und nahm ab.

»Kleinen Moment, bitte.« Er blickte Paula an. »Für dich.«

Der Blick ihres Vaters verriet ihr nicht, wer dran war.

»Hallo, Paula.« Einen Moment setzte ihr Herz aus. Sie kannte die Stimme nur zu gut. »Hier ist Horst. Ich habe gute Nachrichten für dich. Ich darf dir schon mal persönlich zu deiner Nominierung für den olympischen Jugend-Perspektivkader Vielseitigkeit gratulieren! Du bekommst natürlich noch den offiziellen Brief vom Verband.«

»Ich dachte ... also, ich wusste gar nicht ...«, stotterte Paula. In ihrem Gehirn herrscht gähnende Leere.

200

»Ja, das kommt vielleicht für dich jetzt etwas überraschend, aber eine Teilnehmerin ist kurzfristig ausgeschieden und Hein und ich haben dich ja schon länger im Blick. Und da dachten wir, dass wir den kurzen Weg gehen und direkt auf dich und dein tolles Pferd zurückgreifen.«

Paula fing sich wieder etwas. »Darf ich fragen, wer das ist? Also wer ausgeschieden ist?« Sie wusste die Antwort, bevor der Cheftrainer ihr antwortete.

»Du kennst sie, glaube ich. Anne Ötting, sie hatte Probleme mit ihrem Pferd und hat es vorgezogen, den Kader zu verlassen.«

Aus irgendeinem Grund packte Paula plötzlich eine unerklärliche Wut und die Worte schossen aus ihr heraus. »Anne hat den Kader nicht freiwillig verlassen. Sie und ihr Pferd haben den Druck nicht mehr ausgehalten. Und wenn ich genau darüber nachdenke, will ich mich und La Vie dem eigentlich auch nicht aussetzen.«

Es war totenstill. Sowohl am anderen Ende der Leitung wie auch in der Wohnküche der Lippolds. Paula brauchte selbst einen Moment, um zu realisieren, was sie da gerade gesagt hatte.

»Du kannst es dir ja noch mal in Ruhe überlegen«, versuchte Horst Ernst sie zu beschwichtigen. »Ich erinnere mich jetzt, dass du und Anne befreundet wart, da kann man schon mal emotional reagieren. Wir telefonieren Anfang nächster Woche noch mal, okay?«

»Ich ...«, versuchte Paula zu erwidern.

Doch der Cheftrainer unterbrach sie. »Denk drüber nach. Das hier ist eine einmalige Chance. Ich wünsche dir und deiner Familie noch einen schönen Abend, Paula. Bis nächste Woche.« Dann legte er auf.

Vier Augenpaare starrten sie stumm an. Paula zuckte mit den Schultern.

Plötzlich musste sie lachen. »Ist so. Ich vertraue jetzt einfach mal auf La Vie und mich. In unser Können. Und unsere Herzensverbindung. Das kann uns keiner nehmen.«

# 7.

*Northern Horse Show !!!*

*Leute ... das war das Schönste und Beste, was ich mit La Vie bis jetzt erleben durfte. Er hat sich von der allerbesten Seite gezeigt. Bei der Kulisse und den vielen Menschen hätte ich nicht damit gerechnet, dass er so megacool blieb. Doch ich erzähle von Anfang an:*

*Donnerstagmorgen ging es fünfeinhalb (!) Stunden in Richtung Kiel. Nach einigen Staus und Umwegen waren wir endlich da und gingen zur Akkreditierung. Danach konnten wir endlich einstallen. La Vie hatte sich gleich mit seinem Boxennachbarn im Stallzelt angefreundet und fraß sein Mittagessen. Es ist einfach so cool, dass er sich gleich entspannen kann, wenn er irgendwo ankommt.*

*Donnerstag gab es am Abend dann eine kleine Generalprobe. La Vie war am Anfang total aufgedreht und hibbelig in der Abreitehalle. Als er dann aber durch den Vorhang in die Haupthalle kam, war er wie ausgewechselt. Bei der Generalprobe selbst lief, bis auf ein paar Kleinigkeiten, alles gut. Leider hatten die Lichter im Springseil einen Wackelkontakt. Kann halt mal passieren ... Ich hatte schon Bauchgrummeln, ob bei der Show selbst alles glattgehen würde. Schließlich ist das Seilspringen zusammen mit dem Torsprung unser absolutes Highlight ... Auch sonst war ich bei der Generalprobe noch etwas nervös. Für La Vie würde es der erste Auftritt in einer so großen Halle sein. Wie würde er reagieren, wenn die voller Menschen war? Das alles ging mir nach der Generalprobe noch durch den Kopf.*

*Freitag ging es dann richtig los. Über Tag führte ich ihn viel und schaute mir zwischendurch die Springprüfungen an. Beim Abreiten vor der eigentlichen Show lief er wirklich schön entspannt und dann ging es los! Ich hatte plötzlich ein total gutes Gefühl. Ich weiß einfach durch unsere gemeinsame Zeit, dass ich mich hundertprozentig auf ihn verlassen kann.*

*Die acht Minuten vergingen wie im Flug und wir hatten eine geniale Show! Beim tosenden Applaus am Ende der Vorführung zeigte La Vie keinerlei Ansätze abzugehen.*

*Am Ende war ich im totalen Gefühlschaos und konnte mir die Freudentränen nicht mehr verkneifen. La Vie hat mir so viel gegeben und mir mal wieder gezeigt, dass er hundertprozentig für mich da ist, wenn ich ihn brauche. Ich bin so stolz auf ihn!*

*Und wir haben tatsächlich gewonnen!!!!!!!!!!!*

*Keiner hat bei der Siegerehrung geglaubt, dass er erst fünf ist. Und ich habe vor dem Publikum erzählt, dass La Vie auch Turnierpferd ist und Dressur und Springen sogar schon bis Klasse L geht. Das ist mir einfach total wichtig zu zeigen, dass und wie gut sich das verbinden lässt!*

*Als wir die Ehrenrunde galoppiert sind, habe ich gedacht, mich zerreißt's vor Glück. Nach der Siegerehrung durfte La Vie dann noch für ein paar Fotos vor der Arena posen. Bevor es auf den langen Heimweg ging, ruhte er sich noch kurz in seiner Box im Stallzelt aus.*

*Ich möchte hier auch noch mal ein dickes Lob an die anderen*

Bewerberinnen aussprechen, die auch tolle Auftritte hingelegt haben. Die Organisation war spitze und alle waren gut drauf. Wir durften viele liebe Menschen kennenlernen. Ich war einfach nur überglücklich, dass alles so gut geklappt hat. Und es ist für mich und La Vie ein riesengroßes Sprungbrett.

Nächste Woche stehen drei Interviews an (mit einer Bloggerin, dem Kieler Tageblatt und der Land und Pferd), Dienstag kommt der Landestrainer mit einer Zeitschrift (Land und Pferd zum Thema abwechslungsreiche Winterarbeit). Und mir wird ein Freiarbeits-Lehrgang (Freitag bis Sonntag) bei einer berühmten französischen Trainerin von zwei Sponsoren gesponsert (der sonst 500 € kostet). Ich freue mich wahnsinnig und bin fast aus den Latschen gefallen, als es sicher war, dass ich dort hindarf. Außerdem habe ich 1000 € vor Ort bekommen, bekomme Socken gesponsert und die Zeitschrift Pferd im Sport begleitet mich zum gesponserten Lehrgang mit Kamera. Ich bin gespannt, was für ein Bericht und was für Fotos dabei entstehen werden. An dieser Stelle schon mal vielen, vielen Dank an meine Sponsoren, die mir dieses Erlebnis ermöglichen.

Ganz viele Leute, die mich oder meine Eltern kennen, haben gesagt, wie begeistert sie von unserer Show waren. Ich muss das Ganze erst mal verdauen. Dazu habe ich im VIP-Bereich noch tolle Kontakte zu weiteren Sponsoren etc. knüpfen können. Ein großer Pferdeausstatter, der auch im Sportbereich tätig ist, möchte mich ins Boot holen. Ich bin gespannt, was sie damit meinen. Wow, wow und wow. Ich halte euch natürlich über alles weitere auf dem Laufenden!

Eure Paula & La Vie

# 8.

Drei Tage später erschien schon der erste Zeitungsartikel im Kieler Tageblatt. Ihre Mutter hatte die Zeitung extra besorgt und den Artikel ausgeschnitten.

Paula wurde darin zitiert: »*La Vie ist für mich nicht nur ein Sportgerät, sondern wirklich mein Sportpartner. Ich habe Höhen und Tiefen mit ihm durchgestanden, wir haben uns gegenseitig Sachen beigebracht, denn auch ich hatte vorher keine Ahnung von Bodenarbeit. Ich glaube, dass man das Größte erreichen kann, indem man mit ganz viel Gefühl arbeitet – am Boden und beim Reiten. Das ist für mich das A und O. Man muss lernen, den Pferden zuzuhören. Jedes Pferd ist da anders und man muss bei jedem Pferd anders zuhören. Eigentlich sind die Pferde in dem Moment auch meine Lehrmeister. Also bin ich nicht die Trainerin, ich kann vielleicht Hinweise geben, aber die Pferde geben mir ständig ihr Feedback. Und ich muss damit wieder neu ansetzen und neu anfangen.*«

Paula war immer ganz überrascht davon, was so aus ihr rauskam, wenn jemand sie zu ihrer Arbeit befragte. Sie machte sich vorher keine Gedanken und sprach einfach drauflos. Wenn sie es dann hinterher las, klang es richtig gut.

Als sie den Artikel gerade überflog, klingelte ihr Handy. Sie hatte sich angewöhnt, aufs Display zu schauen, bevor sie dranging, denn im Moment hatte sie keine Lust, mit Horst Ernst zu reden. Oder war sie einfach zu feige?

Die Handynummer kam ihr bekannt vor.

»Hallo, Paula, herzlichen Glückwunsch zu deiner tollen Show auf der Northern Horse.« Es war Anne und ihre Stimme klang, als ob sie ehrlich meinte, was sie sagte.

»Hast du das Video auf YouTube gesehen?«, gab Paula zurück.

»Nee, live«, meinte Anne und lachte ein bisschen verlegen. »Nicht, dass du denkst, dass ich dich stalke, aber meine Oma wohnt in Kiel, und da konnte ich meine Mutter überreden, übers Wochenende hinzufahren und deine Show anzusehen.«

Einen Moment verschlug es Paula die Sprache. »Du bist extra meinetwegen nach Kiel gekommen?«

»Na ja, ich wollte mir das noch mal ganz genau anschauen, was du da machst. Meine Oma hat mir auch dein Interview aus dem Kieler Tageblatt geschickt. Wo du sagst, dass man lernen muss, den Pferden zuzuhören.«

»Habe es gerade hier liegen«, meinte Paula. Sie war innerlich immer noch völlig überrascht, wie nett und offen Anne plötzlich wirkte.

Anne schien einen Moment zu zögern. Dann sagte sie: »Du wirst es ja sowieso früher oder später erfahren: Ich bin aus dem Kader geflogen. Irgendwie zeichnete sich das ja schon ab. Furioso wollte einfach nicht mehr performen. Ich habe mich lange dagegen gewehrt, aber als ich dann endlich losgelassen habe, ist was total Krasses passiert. Ich habe auf einmal gemerkt, wie megaerleichtert ich war. Ich weiß nicht, ob dir das nach deinem Unfall mit Bogart genauso gegangen ist. Aber als die Tür wirklich zugegangen ist, als der Cheftrainer mir gesagt hat, dass ich meinen Platz im Kader räumen muss für jemanden, der echt Leistung bringt, war das auf einmal, als würde ein Eisenblock von meinen Schultern weggenommen werden. Alles hat sich plötzlich so leicht angefühlt. Und ich habe kapiert, dass ich frei bin. Endlich frei, mich zu fragen, was ich eigentlich wirklich will. Und vor allem, was mein Pferd will. Und da wusste ich plötzlich, dass ich jetzt gerne mit dir arbeiten und von dir lernen möchte.«

»Anne ... ich weiß nicht, was ich sagen soll«, stotterte Paula. »Das ist ... so eine Ehre für mich. Echt jetzt.«

»Ach, Quatsch. Es ist so, wie früher auch immer, wenn wir auf Turnieren gegeneinander angetreten sind. Die Bessere hat die Nase vorne. Nur hast du sie jetzt so weit vorn, dass ich echt 'ne Menge von dir lernen kann. Und lernen will. Wenn du magst ...«

»Und ob ich mag!«, rief Paula aus. »Ich habe mir immer gewünscht, dass Leute wie du, die total fit sind und auch Turniere reiten, das entdecken, was ich entdeckt habe. Ich freue mich wahnsinnig darauf, an dich weiterzugeben, was ich da so tue!«

»Cool. Dann habe ich schon eine Idee. Es sind ja jetzt Weihnachtsferien. Wie fändest du es, wenn ich mit Furioso gleich nach Weihnachten ein paar Tage zu dir käme? Mein Vater hat es mir versprochen, wenn du nicht zu teuer bist.«

Paula lachte. »Für dich gibt es allemal einen Freundschaftspreis. Ich bespreche das mal hier mit der Family, aber ich sehe kein Problem. Das Pferd meines Bruders ist zurzeit nicht da, sodass wir auf jeden Fall eine Box frei haben.«

»Mega. Ich hatte so gehofft, dass das klappt und du mir hilfst«, jubelte Anne.

»Danke dir, Anne«, gab Paula nachdenklich zurück. »Du hast mir gerade sehr geholfen.«

Nachdem sie aufgelegt hatten, ging Paula an ihren Computer. Sie wusste genau, was sie zu tun hatte. Wenn es in ihr noch ein letztes Quäntchen gegeben hatte, das meinte, irgendwen von irgendwas überzeugen zu müssen, so hatte es sich soeben in Luft aufgelöst. Die Menschen, die etwas von ihr lernen wollten, weil sie den Wert dieser Arbeit begriffen hatten, kamen von allein zu ihr. Und der Rest konnte ihr gestohlen bleiben!

Sie öffnete eine neue E-Mail und tippte in die Adresszeile die E-Mail-Adresse des Cheftrainers.

*Lieber Herr Ernst,*

*danke noch mal, dass Sie an mich gedacht haben, aber ich verzichte hiermit darauf, dem olympischen Jugendperspektivkader beizutreten. Ich lege auf dem Weg mit meinem Pferd jetzt andere Schwerpunkte als den Leistungssport.*

*Mit besten Grüßen, Paula Lippold*

Sie zögerte einen Moment, dann fügte sie ein PS hinzu:

*Wenn es Sie interessiert, können Sie auf meinem YouTube-Kanal PAULA LIPPOLD. TURNIER UND SHOW gerne meinen kürzlichen Auftritt auf der Northern Horse Show in Kiel anschauen. Den Link füge ich bei.*

Paula musste unwillkürlich lächeln. Was hatte Anne gerade gesagt? Aber als die Tür wirklich zuging, war es, als würde ein Eisenblock von ihren Schultern weggenommen werden? Genau so war es. Alles war leicht. Und sie war frei.

# 9.

Ihre Eltern hatten nichts dagegen, dass Anne nach Weihnachten für ein paar Tage mit ihrem Pferd käme. Für Marlene Lippold schien es sogar eine Art Genugtuung zu sein, dass ausgerechnet Anne nun Paulas Hilfe suchte. Nachdem auch Nico und Johannes sich über die Tage auf dem Hof angemeldet hatten, würde das Haus ganz schön voll werden. Paula wollte in der Zeit zu Johannes ins Zimmer ziehen und Nico und Anne konnten sich ihr Zimmer teilen. Hoffentlich ging das gut. Die beiden Mädels konnten unterschiedlicher nicht sein. Und dann noch dazu Johannes' unglückliche Liebesgeschichte mit Nico ... Aber sie würde sich einfach auf die Pferde und die Arbeit mit Anne konzentrieren. Sollten die anderen doch machen, was sie wollten.

*Ich bin immer noch total beeindruckt, was der Auftritt in Kiel alles ausgelöst hat. Ich habe so viele liebe Mails und Anrufe bekommen! Unter anderem wurde ich für die »Zauberwelt der Pferde« in Lübeck gebucht! Sie wird am 28. Januar stattfinden. Ich freue mich sehr, dass La Vie und ich einen weiteren großen Auftritt haben werden! Mögen noch viele weitere folgen ...*

*Damit wir nicht total abheben, sind wir am letzten Wochenende hier bei uns erst mal das Weihnachtsturnier geritten, was gleichzeitig die Vereinsmeisterschaft ist. Wir hatten die Tage* vorher nur am Boden gearbeitet und etwas Freiarbeit gemacht. Trotzdem oder vielleicht auch gerade deswegen lief mein Schatz wirklich toll! Das bestätigt mal wieder meine Theorie, dass Bodenarbeit und Turnier die zwei Seiten derselben Medaille sind, jedenfalls für uns.

Und hier kommen unsere Ergebnisse aus dem Turnier:

A-Dressur 7,8 – 1. Platz

L-Dressur 8,0 – 1. Platz

L-Stilspringen 8,5 – 1. Platz

L-Zeitspringen – 3. Platz

Mit einem Vereinsmeistertitel in der L-Dressur habe ich La Vie nun in ein paar Wochen wohlverdiente Pause geschickt, bevor wir Ende Januar für die »Zauberwelt der Pferde« in Lübeck mit unserer Show wieder fit sein müssen.

Ich werde mit ihm in der Zeit ganz viel am Boden und frei arbeiten. Jedoch möchte ich ihn nicht viel fordern, sondern noch genauer an der Verständigung und vor allem an mir selbst arbeiten. Diese Winterwochen werden also meine Lernphase, in der La Vie mir helfen kann, aber selber nicht viel gefordert ist.

Außerdem habe ich nach Weihnachten die liebe Anne Ötting, eine tolle Vielseitigkeitsreiterin, mit ihrem Fuchswallach Furioso hier am Hof. Sie will sich bei mir die Grundlagen der Boden- und Freiarbeit abgucken und das macht mich megastolz!

Es gibt zwischen den Jahren natürlich auch wieder Shootings mit Nico, auf die ich mich total freue. Ihr werdet die Ersten sein, die die neuen Fotos zu sehen bekommen ...

Eure Paula & La Vie

# 10.

Ihre Eltern hatten es zuerst erfahren. Paula war noch draußen bei La Vie gewesen, doch als sie in die Wohnküche kam, spürte sie sofort, dass etwas nicht stimmte.

Marlene und Frank Lippold saßen fassungslos am Tisch.

»Emmi hat gerade angerufen«, sagte ihre Mutter tonlos.

»Die Schwester von Martin? Wieso? Was ist passiert?«, gab Paula schnell zurück.

Ein Reigen von Bildern tanzte in ihrem Kopf. War etwas mit dem Stall? Oder mit den Pferden? Etwa mit Valoo, dem Vater von La Vie und Valentino? Alles schoss ihr durch den Kopf, nur nicht der naheliegendste Gedanke.

Ihr Vater stand auf und legte den Arm um Paula.

»Martin hatte einen Autounfall. Er war auf dem Rückweg von einer Trainingsstunde, als ein großer Traktor ihm die Vorfahrt genommen hat. Der Fahrer war viel zu schnell und abgelenkt, weil er mit seinem Handy telefoniert hat.«

»Und?«, hauchte sie. Weiße Blitze zuckten hinter Paulas Augen.

»Emmi sagt, er war wohl gleich tot. Sein Auto ist nur noch eine Kugel Metall«, gab ihre Mutter zurück.

Paula sank in den Armen ihres Vaters kraftlos zusammen.

Dann flüsterte sie: »Weiß Johannes es schon?«

212

Frank Lippold schüttelte den Kopf. »Ich denke, es ist besser, er erfährt es persönlich, wenn er morgen nach Hause kommt. Ich hole ihn sowieso vom Bahnhof ab.«

Paulas Gehirn versuchte wieder und wieder, sich die unfassbare Nachricht zu vergegenwärtigen. Martin war tot. Ihr einzigartiger Trainer, Mentor, der Züchter ihres wundervollen Pferdes. Er war einfach nicht mehr da. Würde nie mehr mit ihr arbeiten, scherzen, reden. Es war einfach so unwirklich. Ihr Gehirn rutschte immer wieder an diesem Gedanken ab, wie an einer glatten Felswand.

Paula versuchte, sich ihre letzten gemeinsamen Momente ins Gedächtnis zu rufen. Er war im Publikum ihrer Show im Reitverein gewesen. So stolz war er auf sie und La Vie gewesen. Das letzte Mal gesprochen hatte sie mit ihm nach ihrem Sieg bei der Northern Horse Show. Sie hatte ihn noch von der Rückfahrt aus Kiel angerufen.

»Jetzt seid ihr da, wo ich euch immer gesehen habe«, hatte er stolz geflüstert.

Und nun war er fort. Er wusste noch nicht mal von Anne, dass sie zu ihr kommen würde, um das von ihr zu lernen, was sie von ihm gelernt hatte. Nichts würde sie mehr mit ihm teilen können. Ihn nicht mehr um Rat fragen können. Und nicht mehr von ihm lernen können ...

Paula brach in ein haltloses Schluchzen aus.

»Es ist einfach nicht fair, dass er sich aus dem Staub gemacht hat!« Johannes war so wütend, wie sie ihn selten erlebt hatte. Ihr Vater hatte es ihm gleich im Auto gesagt. Nun saßen sie alle gemeinsam beim Mittagessen und versuchten immer noch, jeder auf seine Weise, die Nachricht von Martins Tod zu verarbeiten.

»Er hat es doch nicht mit Absicht getan«, versuchte Paula, ihren Bruder zu beschwichtigen.

Doch Johannes wirkte absolut fassungslos. »Ich habe gedacht, ich habe noch alle Zeit der Welt, mit Martin an meinem Weg zu arbeiten.« Er schien mehr mit sich selbst zu sprechen. »Valentino ist ein Spätentwickler und ich will mit ihm ja auch auf eine ganz andere Art von Show raus. Nix fest Choreografiertes, wie bei Paula und La Vie, sondern viel freier. Valentino soll vielmehr er selbst sein und aus dem Moment heraus reagieren können. Martin hat gesagt, dass er mir zeigen will, wie wir da hinkommen. Und jetzt ist er einfach weg.«

Plötzlich schlug er mit seiner Faust auf den Tisch, sodass alle zusammenzuckten. »Scheiße!« Aus seiner Stimme klang die pure Verzweiflung.

»Wir haben überlegt, mal zu Emmi zu fahren, um zu schauen, ob sie irgendeine Unterstützung braucht. Schließlich steht sie jetzt mit allem ganz allein da«, versuchte Marlene Lippold, vorsichtig das Thema zu wechseln. »Ich rufe sie gleich mal an. Wollt ihr mitkommen?«

Paula nickte. Auch wenn es total wehtun würde, den kleinen historischen Vierseithof mit der mächtigen Kastanie in der Mitte zu besuchen, ohne dass Martin gleich um die Ecke kam, sie schuldeten es einfach Emmi.

»Und du, Johannes?«, fragte die Mutter. Johannes saß mit fest zusammengepressten Lippen auf seinem Stuhl.

»Los, komm«, stupste Paula ihn an. »Wenn du hier allein zu Hause rumsitzt, wird es auch nicht besser.«

Obwohl einzelne Schneeflocken in der Luft tanzten, stand Emmi
Winkler schon in der Haustür, als habe sie den exakten Moment
ihrer Ankunft erahnt. Sie wirkte erstaunlich gefasst, strahlte die
ruhige Sicherheit aus, die beiden Winklers immer zu eigen war.
Die Lippolds umarmten sie. In den letzten Jahren war eine enge
Freundschaft zwischen ihnen entstanden.

Wie üblich, wenn man bei Winklers zu Besuch kam, wehte
ein köstlicher Kuchenduft durchs Haus.

»Du hättest für uns doch nicht extra was backen müssen«,
meinte Marlene Lippold.

Emmi winkte ab. »Ich habe es für mich getan. Das lenkt die
Gedanken ab.«

Sie geleitete alle in die gute Stube, wo der Tisch schon gedeckt
war mit Kaffee und Kuchen.

Eine Weile aßen alle still vor sich hin.

»Vielleicht ist es zu früh, darüber zu reden«, ergriff Frank Lippold das Wort, »aber hast du mal überlegt, wie es weitergehen
soll mit der Zucht? Also, wenn du irgendeine Unterstützung
brauchst ...«

Emmi schüttelte den Kopf. »Die Zucht war Martins Herzblut.
Es macht überhaupt keinen Sinn für mich, sie weiterzuführen.
Ich bin nur ein bisschen in Sorge, ob all unsere Pferde ein gutes
Zuhause finden.«

»Da finden wir eine Lösung, Emmi. Mach dir keine Sorgen«,
gab Marlene Lippold sofort zurück.

Emmi Winkler nickte dankbar. Während des Gesprächs
schweifte Paulas Blick im Raum umher. Er fiel plötzlich auf das
Foto des jungen Martin auf seinem Schimmel Artus mit dem berühmten Dressurtrainer Willi Schultheis.

»Darf ich das Bild haben?« Sie wusste selbst nicht genau, warum sie das fragte. Schnell schob sie hinterher: »Als Erinnerung an Martin.«

»Paula!«, entfuhr ihrer Mutter mahnend.

»Ist schon in Ordnung«, erwiderte Emmi sanft. »Martin würde das wollen. Er hat immer gesagt, dass Paula und La Vie das in den Pferdesport tragen werden, was er der Welt zu geben hat.«

Johannes stand abrupt auf. »Ich muss mal raus.«

Ohne ein weiteres Wort verließ er das Haus.

# 11.

Die Weihnachtstage standen ganz unter dem Eindruck von Martins Tod. Alles wirkte irgendwie gedämpft und unreal.

Am Abend vor Annes Ankunft auf dem Hof saß Paula in ihrem Zimmer vor einem leeren Blatt Papier und versuchte sich krampfhaft zu erinnern, wie Martin das Training mit ihr und La Vie am Anfang aufgebaut hatte. Doch ihr Gehirn war gähnend leer.

Emmis Worte kamen ihr in den Sinn, dass sie und La Vie in den Pferdesport tragen würden, was er der Welt zu geben hatte. Sie hatte keine Ahnung gehabt, dass Martin so hoch von ihr dachte, wo sie doch immer so schwierig gewesen war, mit ihrem ganzen Hin und Her zwischen Vielseitigkeitssport und Bodenarbeit.

Paula versuchte, sich wieder auf das weiße Blatt vor ihr zu konzentrieren. Sie wünschte, sie könnte sich mit Johannes beraten, wie sie das Training mit Anne aufbauen sollte. Doch ihr großer Bruder hatte sich seit dem Nachmittag bei Emmi total in sich zurückgezogen und redete mit kaum jemandem ein Wort. Am wenigsten mit ihr.

Paula seufzte. Am liebsten hätte sie Anne abgesagt. Jetzt, wo Martin nicht mehr da war, schien auch ihre ganze Sicherheit, die er ihr im Umgang mit Pferden geschenkt hatte, irgendwie verschwunden.

Aber sie konnte sich nicht verkriechen, konnte sich nicht verstecken. Das Leben musste weitergehen. Und wenn Martin ihr wirklich zutraute, sein geistiges Erbe in den Sport zu tragen, dann konnte und würde sie das auch tun.

Als Anne am nächsten Vormittag Furioso auf dem Hof der Lippolds auslud, hatte Paula immer noch kein Trainingskonzept. Alles würde sich schon fügen, wenn sie erst mit Anne am Pferd stand, versuchte sie sich zu beruhigen.

Nachdem Pferd und Reiterin ihr Quartier bezogen hatten, bat sie die beiden auf den Reitplatz. Es war ein kalter, sonniger Dezembertag.

Nico stand mit gezückter Kamera bereit, um Fotos zu schießen für Paulas erste Webseite. Auch Anne blickte sie erwartungsvoll an. Sie hatte Furioso selbstverständlich aufgetrenst und gesattelt. Wieder war da diese Leere in ihr. Was sollte sie sagen? Womit sollte sie beginnen?

Plötzlich hatte Paula das Gefühl, als stehe Martin neben ihr und nicke ihr aufmunternd zu. Im selben Moment wurde ihr Herz geflutet mit einem unerschütterlichen Vertrauen.

»Das kannst du alles wieder abmachen«, wandte sie sich an Anne und musste plötzlich grinsen. »Wir legen erst mal ein Fundament. Welches Haus du und Furioso darauf baut, wird sich zeigen.«

Anne blickte sie fragend an.

»Wie mein Trainer Martin Winkler immer gesagt hat«, gab Paula zurück, »wenn das Fundament nicht stimmt, hat das Haus keinen Bestand. Also alles erst mal runtermachen und los geht's bei null.«

Aus den Augenwinkeln konnte Paula Johannes sehen, der sie aus der Distanz beobachtete. Dann war er wieder verschwunden.

Wenn sie abends in sein Zimmer kam, wo sie dieser Tage ja gemeinsam übernachteten, tat ihr Bruder so, als schliefe er schon. Und frühmorgens war Paula immer schon als Erste draußen, weil sie vor dem Training mit Anne ihre Boden- und Freiarbeitseinheiten mit La Vie machte.

Dieses entspannte Zusammensein mit ihrem Liebling tat ihr unendlich gut. Oft beobachtete sie La Vie einfach nur für 15 oder 20 Minuten und schaute, wie er auf sie reagierte, wenn sie mit ihrer Körpersprache etwas kommunizierte. Jeden Tag konnte sie so etwas verfeinern und von ihm lernen.

Nach dem Frühstück, dem Johannes natürlich fernblieb, kam dann die erste Einheit mit Anne, die Nico fotografisch begleitete.

Anne ließ sich wirklich total gut ein auf Martins Grundidee, dass ein echter Zugang zum Pferd nur über einen selbst laufen konnte. Sie übte fleißig, ihre Gedanken, Gefühle, Körperempfindungen aufmerksam wahrzunehmen und im Zusammensein mit ihrem Pferd aktiv zu verändern. Und bald zeigten sich schon erste Änderungen in Furioso. Er wurde zugewandter, interessierte sich plötzlich wieder für Anne und für das, was sie ihm vorschlug zu tun.

Die Fotos, die Nico von den Trainingssessions schoss, waren unglaublich stimmungsvoll und würden Paulas Webseite zu etwas ganz Besonderem machen. Selbst Anne und Nico verstanden sich überraschend gut. Anne war total geflasht von Nicos Fotos, was ihr sofort einen Platz im Herzen der Fotografin eroberte.

Eigentlich konnte Paula mit allem mehr als zufrieden sein. Doch die Sache mit Johannes machte ihr von Tag zu Tag mehr zu schaffen. Schließlich hielt sie es nicht mehr aus. Als sie abends in ihr gemeinsames Zimmer kam und Johannes sich wie üblich schlafend stellte, rüttelte Paula ihn an der Schulter. »Ich weiß, dass du nicht schläfst. Hör endlich auf, dich wie ein trotziges Kleinkind zu benehmen, und rede mit mir.«

Johannes drehte Paula seinen Rücken zu und zog die Bettdecke über seinen Kopf. Doch Paula ließ sich nicht abwimmeln. »Auf wen oder was bist du eigentlich sauer? Auf Martin? Auf mich? Oder auf dich selbst? Wie auch immer. Du benimmst dich wie ein Idiot.«

Plötzlich richtete Johannes sich auf. »Ich benehme mich wie ein Idiot? Du nimmst *mir* alles weg. Ich mache Martin ausfindig und du findest dein Zauberpferd. Ich rede davon, dass ich mir online einen Namen machen will, und du gehst mit deiner Facebook-Seite viral. Ich träume davon, eigene Shows zu machen, und du wirst der Shootingstar der Showszene. Ich will auf unserem Hof Bodenarbeits-Trainings machen und du hast hier die Leute zu irgendwelchen Lehrgängen. Ich bin schon immer an echter Beziehung und Kommunikation mit Pferden interessiert und du wirst praktisch Martins Nachfolgerin. Merkst du eigentlich was? Alles dreht sich immer nur um dich.«

Einen Moment war Paula sprachlos. Tränen schossen ihr in die Augen. Dann flüsterte sie: »Das ist nicht fair.«

Johannes war immer noch in Rage. »Dir steht es nicht zu, darüber zu urteilen, was fair ist, Paula.«

Paula griff ihr Kopfkissen und die Bettdecke und verließ wortlos das Zimmer.

Johannes' Worte taten ihr so weh. Hatte er recht? Drehte sich wirklich alles immer nur um sie? Sie konnte nicht klar denken, der Schmerz hüllte ihren Kopf in einen dichten Nebel.

Wo sollte sie denn jetzt schlafen? Nico und Anne konnte sie nicht wecken. Und eigentlich wollte sie jetzt auch lieber allein sein, sich nicht erklären müssen. Am liebsten würde sie sich zu La Vie in die Box verkriechen. Doch draußen waren es unter null Grad, das würde selbst ihr Thermo-Schlafsack nicht packen.

Schließlich stahl sie sich ins Wohnzimmer und legte sich auf die Couch. Sie merkte, dass ihre Füße eiskalt waren, und rollte sich unter der Bettdecke zusammen.

Familienhund Boomer kam angetrottet und legte seinen Kopf auf die Bettdecke. Das war seine Art zu fragen, ob er auf die Couch durfte.

Paula musste gegen ihren Willen lächeln und signalisierte ihm hochzuspringen.

Er kuschelte sich eng an sie. Während die Wärme langsam in ihren Körper zurückkehrte, konnte sie fühlen, wie sich auch ihre Gefühle und ihre Gedanken beruhigten.

Johannes war total eifersüchtig, so viel war klar. Wieso hatte sie das nur vorher nicht bemerkt? Er war immer so locker gewesen, voll der entspannte Chaot, und sie, Paula, war immer die Oberorganisierte und Ehrgeizige. Nie wäre sie darauf gekommen, dass er ein Problem mit ihrem Erfolg haben könnte.

Doch hatte er das wirklich? Schließlich hatte er ihr doch von sich aus seine ganze Hilfe bei den Shootings und Shows angeboten, es hatte ihm offenbar total Spaß gemacht, neue Ideen für sie und La Vie zu entwickeln, anstatt mehr Energie in das Training mit seinem eigenen Pferd zu stecken.

Wo war es nur aus der Spur gelaufen? Und welchen Anteil hatte sie, Paula, daran?

Plötzlich hob Boomer ruckartig seinen Kopf und Paula hörte nackte Füße Richtung Wohnzimmer tappen.

»Paula?«

An Johannes' Stimme konnte sie schon hören, dass es ihm leidtat. Einen Moment spürte Paula die Versuchung, jetzt ihrerseits die beleidigte Leberwurst zu spielen. Doch was brachte das, außer neuem Streit?

»Bin auf der Couch«, wisperte sie stattdessen.

»Darf ich kommen?«, flüsterte Johannes zurück.

Ohne eine Antwort abzuwarten, kam er zu Paula herüber und quetschte sich neben Boomer, der es ganz wunderbar fand, nun von Paula und Johannes flankiert zu sein. Abwechselnd leckte er ihre Hände.

»Tut mir leid«, murmelte Johannes. »Du hast da was abgekriegt, was nicht an deine Adresse gehörte.«

Paula nickte erleichtert. »Schon okay.«

Einen langen Moment war es still zwischen ihnen. Dann meinte Paula: »Willst du drüber reden, was dich so sauer macht?«

Johannes schüttelte den Kopf. »Es hat was mit Martin zu tun. Ich fühl mich von ihm irgendwie so im Stich gelassen. Als wären plötzlich alle meine Zukunftspläne zusammengefallen, wie ein Kartenhaus.«

»Kenn ich, das mit den Zukunftsplänen«, murmelte Paula. »Aber weißt du, was? Es geht weiter. Irgendwie geht es immer weiter. Und meistens besser als vorher.«

Doch Johannes schien noch nicht bereit, sich auf eine neue Perspektive einzulassen. Er fuhr fort: »Als Emmi meinte, dass du und La Vie in den Pferdesport tragen sollt, was Martin der Welt zu geben hat, da ist bei mir irgendwie der Faden gerissen.« Paula setzte sich auf. »Hast du ihr mal richtig zugehört? Sie hat gesagt, dass ich das in den *Pferdesport* tragen soll. Den *Sport*, Johannes. Wie auch nicht? Das ist meins. Aber der Sport ist nicht die ganze Pferdewelt.«

Johannes sagte kein Wort, und Paula war sich nicht sicher, ob er nicht verstehen konnte oder wollte. Deshalb fuhr sie fort: »Ich nehme dir doch nichts weg. Du bist doch total anders als ich. Valentino ist von seinem Charakter her total anders als La Vie. Und du willst ganz woandershin als ich. Viel mehr in die Freiarbeit, ins freie Spielen mit dem Pferd, in das, was spontan entsteht.«

Langsam schien Johannes zu dämmern, worauf Paula hinauswollte. »Du meinst, es könnte sein, dass Martin gar nicht wollte, dass ich ...«

»Mensch, Johannes, jetzt mach es doch nicht so kompliziert«, unterbrach ihn Paula. »Wir machen das zusammen. Wir können beide die Basics unterrichten. Martins berühmtes Fundament. Und ich mache dann weiter mit dem freien Reiten in Dressur und Springen. Und du machst weiter mit der Freiarbeit.«

Johannes nickte langsam. »Und du meinst wirklich, Martin würde wollen, dass ich das auch mache?«

Paula blickte ihren Bruder an. »Ja, ich bin mir sogar sicher, dass er es wollen würde.«

Plötzlich strahlte sie übers ganze Gesicht. »Und ich weiß auch schon genau, wo und wie wir damit beginnen.«

# 12.

Sie hatte rein zufällig erfahren, dass Hein Kerkhaus für einen Trainingstag in einem Turnierstall in der Nähe sein würde und dass noch ein paar Plätze frei waren. Sie konnten morgens mit dem Hänger hinfahren und abends wieder nach Hause.

»Was meinst du, Papa, wollen wir da hin?«, fragte Paula ihren Vater unter Aufbietung ihres größten Charmes.

»Was spricht dafür, was spricht dagegen?«, gab Frank Lippold zurück.

»Na ja, dagegen spräche, dass ich aus der ganzen Kadergeschichte definitiv ausgestiegen bin. Und Hein Kerkhaus die rechte Hand von Horst Ernst ist.«

»Und was spricht dafür?«, gab ihr Vater zurück.

»Ich reite ja nach wie vor Turnier und Hein ist ein verdammt guter Trainer. La Vie und ich können eine Menge aus dem Lehrgang mitnehmen. Und es ist ja quasi um die Ecke.«

Ihr Vater nickte bedächtig. »Und was noch?«

»Wie was noch?«, antwortete Paula mit Unschuldsmiene.

Paul Lippold zeigte ein breites Grinsen. »Ich kenne doch meine Tochter! Und irgendwie habe ich das Gefühl, du willst da hin, weil du was im Schilde führst.«

»Nee, Papa, da irrst du dich«, gab Paula zuckersüß zurück.

224

*Die »Zauberwelt der Pferde« in Lübeck war mega! Wir sind angekommen, haben eingestallt und hatten mittags gleich Generalprobe.*

*In dieser Show habe ich mal auf Kandare angefangen, weil ich zeigen wollte, was La Vie auch dressurmäßig draufhat. Wir sind erst mal einige L-Lektionen geritten und er lief sooooo unglaublich schön. Auch im Mitteltrab kam er richtig schön aus sich heraus. Dann habe ich ihm von seinem Rücken aus die Kandare abgemacht und bin nur mit Halsring weitergeritten. Auch unsere Arbeit am Boden haben wir präsentiert. Unsere Specials – das Seilspringen mit der Lichterkette und der Torsprung mit dem Tuch – waren natürlich auch dabei!*

*Das Highlight für das Publikum war mal wieder La Vies zartes Alter. Der Gastgeber hatte in der Anmoderation extra gesagt, dass wir auch aktiv in Dressur und Springen sind und dass ich zeigen will, dass man mit den Turnierpferden auch noch ganz anders arbeiten kann!*

*Meine Show LIEBE, VERTRAUEN, FREIHEIT habe ich meinem kürzlich verstorbenen Trainer und Züchter von La Vie, Martin Winkler, gewidmet, dem größten Pferdemenschen, den ich kenne. Ich weiß, er hat uns vom Himmel zugeguckt und sich ein Bein abgefreut!*

Hein Kerkhaus hatte in der Halle einen tollen Parcours aufgebaut, der La Vie und den anderen fünf Pferden, die zu dem Trainingstag gekommen waren, einiges abforderte. Gebogene Linien, eine Kombination und Vorlegestangen. Alles war dabei.

Aber wieder einmal zahlte sich Paulas und La Vies gute Beziehung mehr als aus. Der Wallach war die ganze Zeit aufmerksam bei ihr, und im richtigen Moment vertraute Paula ihm genug, um ihn loszulassen. Er lief einfach nur super!

»Ist echt schade, dass du mit dem nicht in den Kader kommst, Paula«, entfuhr es Hein. »Ich habe selten ein Pferd gesehen, was so leistungswillig und dabei so entspannt ist.«

Paula sprang vom Pferd. »Es ist nicht nur er, es sind wir beide zusammen. Verstehst du? Das ist das Geheimnis. Durch unsere Arbeit am Boden, unser gemeinsames Fundament sind wir ein echtes Team geworden. Und weil wir als Team funktionieren, weil wir miteinander und nicht gegeneinander arbeiten, kommt so was dabei raus.«

Hein war anzusehen, dass er nicht wirklich verstand, wovon Paula sprach. »Ich habe mir auf YouTube deine Show angeschaut und das war ja alles ganz interessant. Aber was soll dieser Zirkus denn mit unserem Sport zu tun haben?«

Paula seufzte. »Ich zeige dir, was es damit zu tun hat.«

Sie nahm La Vie zuerst den Sattel ab und dann die Trense. Dann bedeutete sie ihm mit der Gerte, sich abzulegen, und stieg auf seinen Rücken. Er richtete sich mit ihr wieder auf.

Die Gesichter von Hein und den fünf anderen Trainingsteilnehmern, allesamt hochambitionierte Turnierreiter, spiegelten eine Mischung aus Ungläubigkeit und Befremden wider.

Paula ließ la Vie angaloppieren und ritt zunächst in Schlangenlinien durch den Parcours. Im Vorbeireiten erhaschte sie einen Blick auf die Gesichter ihrer Zuschauer. Wie konnte man denn ein Pferd ohne Trense in Schlangenlinien lenken?

Als sie das Gefühl hatte, dass er ganz bei ihr war, ritt Paula den ersten Sprung an, einen Steilsprung. La Vie setzte sauber drüber und ließ sich von Paula gleich auf den nächsten Sprung ausrichten, die Kombination. Pferd und Reiterin waren wie aus einem Guss, Paulas leichter Sitz über dem Sprung war auch ohne Sattel makellos.

Sprung um Sprung nahmen sie so und auch die schwierigen gebogenen Linien zwischen manchen Sprüngen waren für die beiden kein Problem. La Vie ließ sich mit leisesten Gewichts- und Schenkelhilfen von Paula durch den ganzen Parcours lenken.

Schließlich kamen sie vor ihrem Publikum wieder zum Halten, und sie ließ es sich nicht nehmen, La Vie zum Abschluss steigen zu lassen. Dann rutschte sie von seinem Rücken.

»Darum hat meine Arbeit am Fundament *alles* mit unserem Sport zu tun.«

Sie blickte in sechs fassungslose Gesichter. Ihr Vater hatte recht gehabt. Sie war zu dieser Veranstaltung gekommen, weil sie sich in ihrem Allerinnersten genau eine Situation wie diese erhofft hatte. Eine Gelegenheit, in der sie den Leuten, die es anging, den Wert von Martins Ansatz für Turnierreiter live demonstrieren konnte.

»Willst du auch mal?«, forderte sie Hein heraus.

»Ich setz mich doch nicht auf einen Gaul ohne Sattel und Trense! Bin doch nicht wahnsinnig!«, wies er entrüstet zurück.

»Weil du Angst hast, die Kontrolle zu verlieren?«, setzte Paula nach.

La Vie stand mit hängenden Ohren neben ihr und kaute seelenruhig. »Schau ihn dir an. Entspannter geht nicht. Auf so einem Pferd bist du selbst ohne Sattel und Trense sicherer als auf einem, das dich noch nicht mal freiwillig aufsteigen lässt. Wo du dich aber ›sicher‹ fühlst, weil du mit einer Eisenstange in seinem Maul rumwerken kannst. Das ist doch irre.«

Einige Seminarteilnehmer blickten betreten zu Boden. Paula hatte mit ihrer Bemerkung bei ihnen offenbar genau ins Schwarze getroffen.

»Also, was ist jetzt? Lässt du dich drauf ein? Es könnte dein Leben verändern«, stupste sie Hein an.

»Los, Hein, mach's mal«, meinte jetzt ein anderer Teilnehmer.

»Ja. Los. Zeig, was du kannst«, stimmten die anderen ein.

Hein Kerkhaus zuckte hilflos die Schultern. Irgendwie war er im Zugzwang.

»Meinetwegen ohne Trense. Aber definitiv nicht ohne Sattel. Das geben meine Oberschenkelmuskeln nicht her.«

Paula lachte und sattelte La Vie.

»Wenn du willst, kannst du auch den Halsring nehmen. Das vermittelt dir wenigstens ein bisschen ein Gefühl von Sicherheit. Aber eigentlich ist es egal. Lenken musst du ihn eh mit Gewicht und Schenkeln.«

Hein schüttelte den Kopf. »Ich muss wahnsinnig sein, dass ich mich auf so ein Himmelfahrtskommando einlasse ...«

Paula sah aus den Augenwinkeln, dass eine Teilnehmerin ihr Handy zückte und zu filmen begann, wie der Assistenztrainer des Jugend-Bundeskaders ohne Trense durch den Parcours ritt. Innerlich jauchzte sie auf. Das wurde ja immer besser!

»Uaaahhhh, ich habe ja gar nichts in der Hand. Wie lenke ich denn?«, rief Hein in halb gespielter, halb echter Verzweiflung aus.

»Habe ich dir doch gesagt, Schenkel und Gewicht«, rief Paula ihm zu.

Plötzlich bog La Vie abrupt nach rechts ab. Hein stand der Angstschweiß auf der Stirn. »Das war ich jetzt aber nicht!«

»Doch, das warst du«, lachte Paula. »La Vie ist superfein und reagiert auf millimetergenaue Gewichtsverlagerungen.«

»Scheiße, ich fühle mich wie ein verdammter Anfänger«, rief der Trainer aus.

Paula begann, neben ihm herzugehen und seine Hilfen mit Argusaugen zu korrigieren, so wie Martin es immer mit ihr gemacht hatte. Allmählich entspannte Hein sich und wurde präziser in seiner Hilfengebung.

»Okay, und jetzt galoppiere mal an. La Vie hat einen superweichen Galopp, den du prima sitzen kannst«, forderte Paula den Trainer auf.

Ob er sich keine Blöße geben wollte oder wirklich Vertrauen zu La Vie und der ganzen Situation gefasst hatte, Hein folgte Paulas Anweisung und gab die Galopphilfe. Er galoppierte mit La Vie außen um den Parcours herum, während Paula weiter mit ihm an der Verfeinerung seiner Hilfen arbeitete. Schließlich sah er sogar einigermaßen entspannt aus.

»Und jetzt zum Abschluss ein Sprung«, forderte Paula ihn auf. »Du musst ihn nur gerade anreiten, den Rest macht La Vie von allein!«

Hein wollte einen Moment protestieren, doch nachdem die anderen Teilnehmer ihn kräftig anfeuerten, ritt er tollkühn den Steilsprung an. Der Wallach setzte sauber darüber hinweg.

Hein riss die Augen auf. »Und wo ist jetzt die Bremse?«

Paula lud La Vie mit ihrer Körpersprache zu sich ein und der Wallach galoppierte stracks auf sie zu und stoppte genau vor ihr.

Alle applaudierten und Hein wirkte sogar ein bisschen stolz.

»Ich muss sagen, wenn man sich daran gewöhnt hat, ist es ein saugeiles Gefühl. Ich glaube, ich verstehe jetzt ein bisschen, was du damit meinst, als Team zu funktionieren.«

Er stieg ab und klopfte La Vie den Hals. »Und das kann wirklich jeder lernen?«

»Im Prinzip schon«, gab Paula professionell zurück. »Klar ist jedes Pferd anders und jeder Reiter. Keiner wird eine Kopie von mir und La Vie. Aber darum geht es ja auch gar nicht. Sondern darum, dass du eine echte Beziehung und Kommunikation zu deinem Pferd aufbaust und ihr auf diesem Fundament das Beste aus euch beiden rausholt.«

Hein nickte langsam. »Kannst mir ja mal texten, wann du wieder so einen Lehrgang machst«, gab er zurück. Dann lachte er. »Aber nicht dem Bundestrainer erzählen!«

»Ich hätte da einen Vorschlag«, gab Paula zurück. »Und von dem kann sogar der Bundestrainer wissen.«

# 13.

Ich bin immer wieder erschrocken, wie einige Leute mit ihren Pferden umgehen. Heute beim L-Springen gab es Situationen, die mit einem gesunden Menschenverstand wenig zu tun hatten. Egal ob die Reiter selbst oder ihre Eltern! Ich finde es wirklich traurig, wie ehrgeizig unser Sport geworden ist. Bestimmt ist dies nicht überall der Fall und es dürfen sich auch längst nicht alle angesprochen fühlen ... Doch selbst die Jüngeren haben oft schon so viel Ehrgeiz und sehen den Spaß nicht mehr im Vordergrund. Ich meine, wozu machen wir den Turniersport eigentlich?! Natürlich freut man sich, wenn man gewinnt, platziert ist oder irgendwelche Qualifikationen schafft! Ich reite selber intensiv Turniere und versuche, dort weit zu kommen. Doch ist es nicht die Bindung zwischen uns Menschen und dem Tier, die im Vordergrund stehen sollte? Ist es nicht das ganz persönliche Gefühl und der Stolz auf das eigene Pferd, das viel mehr zu sagen hat als jede einzelne Note? Ich sehe den Fortschritt meines Pferdes und nicht, wie viele Leute nun besser oder schlechter waren als ich!

Ich hoffe, dass sich der Turniersport nicht noch weiter so entwickelt und einige Leute anfangen umzudenken. Das Pferd als Freund und Partner zu sehen und nicht als Sportgerät oder als Maschine. Denn mit einem Partner macht es doch viel mehr Spaß.

*Mir persönlich ist jedenfalls klar geworden, dass es mir nicht reicht, es nur selbst anders und besser zu machen. Ich will meinen Beitrag dazu leisten, den Sport als Ganzes besser zu machen.*

*Aus diesem Grund möchte ich hier ein Video mit euch teilen, in dem Hein Kerkhaus, der Assistenztrainer des Jugendperspektivkaders Vielseitigkeit, meinen La Vie ohne Trense reitet und sogar springt. Wir arbeiten gerade an einer Idee, die Anlass zur Hoffnung gibt, dass sich auch im großen Sport durch diese Arbeit etwas verändern kann ...*

»Wir hatten ja ewig keine Familienkonferenz mehr«, meinte Marlene Lippold, nachdem sich alle vier Familienmitglieder am Esstisch der gemütlichen Wohnküche versammelt hatten.

»Wir waren ja auch schon ewig nicht mehr zu viert«, gab Frank Lippold zurück. Er zwinkerte seinen Kindern zu. »Entweder hat einer gefehlt oder wir hatten Gäste.«

Johannes und Paula blickten sich verschwörerisch an. Die beiden hatten die Konferenz einberufen und Paula bemerkte eine leichte Nervosität in ihrer Magengegend. Würden die Eltern sich auf ihren Vorschlag einlassen?

»Na denn mal los«, meinte Frank Lippold. »Was liegt an?«

Johannes ergriff als Erster das Wort. »Papa, du sagst immer, dass ihr uns bei allen Plänen unterstützt, sofern sie Hand und Fuß haben und wir unseren Beitrag dazu leisten.«

Er machte eine kunstvolle Pause und tatsächlich war die Aufmerksamkeit der Eltern nun sehr gespannt auf Johannes und Paula gerichtet.

Johannes fuhr fort. »Als wir bei Emmi waren, hattet ihr ja unsere Unterstützung dabei versprochen, für Martins und Emmis Pferde ein gutes Zuhause zu finden. Paula und ich haben dazu eine Idee, von der wir euch gerne erzählen würden.«

Frank Lippold nickte. »Dann schießt mal los.«

Nun ergriff Paula das Wort. »Bei Emmi stehen zurzeit vier Zuchtstuten, sechs Ein- und Zweijährige und vier Dreijährige. Alles hervorragende Pferde für unterschiedliche Ansprüche. Einige von ihnen können wunderbar in den Freizeitbereich gehen, andere wären begabte Pferde für den Turnier- und Showbereich. Wenn sie in die richtigen Hände kämen ...«

Frank und Marlene Nippold nickten zustimmend und Johannes ergriff wieder das Wort. »Paula und ich haben überlegt, auf dem Hof von Martin und Emmi eine Art Verkaufstraining zu veranstalten. Wir laden Leute aus dem Freizeit- und Sportbereich ein, machen Demonstrationen mit unseren eigenen Pferden und coachen die Leute zusammen mit den Pferden von Martin, die für sie passen könnten. So hat jeder was davon: Wir stellen sicher, dass die Pferde in gute Hände kommen, wie Martin es wollen würde. Die Leute bekommen genau das Pferd, was zu ihnen passt. Für Emmi erzielen wir den größtmöglichen Gewinn, sodass sie auf ihrem Hof wohnen bleiben kann. Und wir beiden Lippolds machen auf unsere Arbeit aufmerksam, sei es für Turnier-, Show- oder Freizeitreiter.«

»Und wo ist der Haken?«, warf Marlene Lippold ein.

»Es gibt keinen Haken«, erwiderte Paula. »Wir wünschen uns eure Unterstützung dabei, Emmi von dem Plan zu überzeugen und das alles zu organisieren.«

Sie grinste. »Ich habe schon eine Gruppe von Leuten aus dem Sportbereich, die sehr gerne einen Halbbruder von La Vie kaufen würden. Hein Kerkhaus, der Assistenztrainer des Perspektivkaders, ist einer von ihnen.«

Ihr Vater blickte sie kopfschüttelnd an. »Ich wusste doch, dass du irgendwas im Schilde führst, als du unbedingt zu dem Training von diesem Kerkhaus wolltest.«

Johannes übernahm wieder den Gesprächsfaden. »Ich habe auch schon mit Pferde-TV gesprochen, die Interesse hätten, ein Kamera-Team hinzuschicken und daraus einen Film über Martins Arbeit zu machen. Also so, wie wir sie jetzt weitergeben.«

Frank und Marlene Lippold blickten sich an und die Mutter ergriff das Wort. »Was sollen wir dazu noch sagen? Ihr habt alles perfekt eingestielt. Ich kann gerne mit Emmi reden, was sie davon hält.«

Sie warf ihrem Mann einen schnellen Blick zu. »Und ich werde ihr sagen, dass Papa und ich voll dahinterstehen.«

# 14.

Die bunt gemischte Gruppe hatte sich auf der großen Pferde-
weide versammelt.

»Schaut euch um. Diese Hannoveraner mögen vom Exterieur
wie hochleistungsfähige Sportpferde aussehen. Ihre wahre Qualität liegt aber zwischen ihren Augen. In ihrem Wesen. Wenn ihr
ein Pferd sucht, das ein echter Partner ist, der mit euch durch
dick und dünn geht, auf den ihr euch zu hundert Prozent verlassen könnt, dann seid ihr an der richtigen Adresse. Wenn ihr
ein Pferd sucht, um es auf den Turnierplätzen dieser Welt zu
verheizen, dann müssen wir euch leider bitten zu gehen.«

Die vierzehn Leute, die vor Paula und Johannes standen,
blickten sie mit großen Augen an, allesamt Kaufwillige aus dem
Sport- und Freizeitbereich. Hein stand ganz vorne, als habe er
Angst, irgendetwas zu verpassen.

Johannes ergriff nun das Wort: »Es braucht zuallererst unsere
Offenheit. Uns ganz einzulassen auf das Pferd vor uns. Am Ende
sucht das Pferd dich aus, nicht du das Pferd. Und darum sind
wir jetzt hier. Wir können kein Pferd nach unseren Vorstellungen kaufen. Denn sie sind genau das: VOR-Stellungen, die unsere Wahrnehmung verstellen. So wird nie eine echte Begegnung
mit dem Pferd stattfinden. Sein wahres Wesen wird sich uns nie
erschließen. Es wird sich uns nie ganz schenken.«

235

Paulas Blick fiel auf Emmi, die unbemerkt zu der Gruppe hinzugetreten war. »Als ich vorletztes Jahr hierherkam, zu Martin und Emmi Winkler, suchte ich eigentlich überhaupt kein Pferd. Es war ein paar Wochen nach dem Unfall mit meinem Wallach Bogart, und ich dachte, ich hätte abgeschlossen mit Pferden und dem Reiten. Doch Martin brachte mich nicht nur mit La Vie zusammen, sondern lehrte mich auch, dass Erfolg und feines Reiten zwei vollkommen verschiedene Paar Schuhe sind.«

Paulas Blick verlor sich für einen Moment in einer unaussprechlichen Ferne. Plötzlich zauberte irgendetwas ein Lächeln auf ihr Gesicht und sie fügte hinzu: »Es spricht allerdings nichts dagegen, beide Schuhe zu tragen.«

*Hallo, ihr Lieben.*

*Ich gebe zu, diese Social-Media-Welt war anfangs etwas ungewöhnlich für mich, doch ich habe gemerkt, wie sehr sie mich in meiner Arbeit unterstützt und wie sehr ihr das wertschätzt, was ich tue. Darum verkünde ich euch mit großem Stolz, dass heute Nacht um 00:00 Uhr meine Webseite www.paulalipplold.de online geht. Damit erhoffe ich mir, dass ich viele von euch im nächsten Jahr persönlich vor oder nach einer meiner Shows treffen kann. Auch Lehrgänge mit mir und meinem Bruder Johannes könnt ihr über diese Webseite buchen. Schaut vorbei!*

*Ich bin sehr gespannt auf das Jahr, das vor mir liegt. Was wird es mir und La Vie bringen? Wie wird sich Vasco da Gama, mein neuer, dreijähriger Wallach aus der Zucht meines leider viel zu früh verstorbenen Trainers und Mentors Martin Winkler entwickeln? Er hat dieselben Eltern wie La Vie und schon jetzt erkenne ich ganz viel von meinem Schatz in ihm wieder.*

*Eine weitere Überraschung habe ich noch für euch, die ich selbst immer noch kaum fassen kann. Der Cheftrainer des Jugendperspektivkaders Vielseitigkeit hat mich gebeten, mit den jungen Reitern und Pferden des Kaders am Boden zu arbeiten. Auch aus den Perspektivkadern Dressur und Springen kamen schon Anfragen. Ich kann euch gar nicht sagen, was mir das bedeutet!*

*Das, was ich von Martin Winkler und von meinem geliebten La Vie lernen durfte, den Sport zu einem besseren Ort für Pferde und ihre Reiter zu machen, ist so ziemlich das Schönste, was ich mir vorstellen kann. Und natürlich selbst weiter aktiv zu sein auf Turnieren und mit Shows.*

*Ich bin so dankbar für alles, was ich erfahren durfte, seit La Vie in mein Leben getreten ist, für diese nicht immer einfache, aber unterm Strich doch so wunderbare Reise, die wir bis jetzt zusammen machen konnten. Und ich habe das Gefühl, sie fängt gerade erst an ...*

*Ich halte euch natürlich weiter auf dem Laufenden.*

*Eure Paula & La Vie*

*www.paulalippold.de*

\* \* \*

Alexia Meyer-Kahlen
*Wild Soul*
*Wir sind eins*
240 Seiten. Gebunden.
ISBN 978-3-649-63215-3
Auch als @book erhältlich:
ISBN 978-3-649-63373-0

Mit Herzklopfen erwacht die 15-jährige Sam immer wieder aus demselben Traum: Wilde Pferde streifen über die endlosen Weiten des amerikanischen Westens – und sie ist ein Teil der Herde. Eine wilde Seele. Gleichzeitig läuft im echten Leben alles schief: Ihre geliebte Andalusier-Stute Alegria erkrankt und Sam darf sie plötzlich nicht mehr reiten. Um Sam auf andere Gedanken zu bringen, schenken ihre Eltern ihr eine Reise zu einer besonderen Pferderanch in Oregon. Und dort, in den wilden Bergen, begegnet Sam tatsächlich den Pferden, von denen sie immer geträumt hat. Mit viel Ausdauer und Mühe gewinnt sie das Vertrauen der wilden Stute Sayqíca. Doch dann droht sie erneut alles zu verlieren …

Ein bewegender Pferderoman, inspiriert von den Erlebnissen von YouTube-Star Tanja Riedinger mit ihrer Andalusierstute Estella und Mustang Feenja.

Alexia Meyer-Kahlen
*Endless Trust*
*Nichts kann uns trennen*
256 Seiten. Gebunden.
ISBN 978-3-649-63062-3
Auch als @book erhältlich:
ISBN 978-3-649-63107-1

Als Charly dem Friesenhengst Janko zum ersten Mal begegnet, spürt sie sofort, dass da ein Vertrauen und ein Verständnis zwischen ihnen ist, das sie einfach nicht erklären kann. Dabei ist sie doch eigentlich leidenschaftliche Dressurreiterin und ihre Schwester Jule der begeisterte Friesenfan! Bei einem gemeinsamen Reitausflug gelingt es nur Charly, den nervösen Janko zu beruhigen und mit ihm im Wasser zu reiten. Ein wichtiger Moment für die beiden, den Charlys Schwester mit der Kamera festhält. Nach diesem Tag ist allen klar: Charly und Janko gehören zusammen. Und ihre besondere Geschichte bewegt auch Tausende andere, die die Aufnahmen des neuen Traum-Duos auf YouTube verfolgen. Doch Charly ahnt nicht, welche schwere Prüfung ihr bevorsteht ...

Ein Roman nach der bewegenden Geschichte von Social-Media-Star Jenny Simon und ihrem Friesenhengst Mambo. Hunderttausende folgen Jenny und Mambo auf YouTube, Instagram und Facebook. Jenny bildete den Friesen aus, kämpfte darum, ihn zu behalten, und musste schließlich seinen Tod im Sommer 2017 verarbeiten. Ihre Fans halten ihr im Netz weiterhin die Treue.